KB005544

주석으로 쉽게 읽는
고정욱 삼국지 6

일러두기

1. 《고정욱 삼국지》는 기존의 여러 《삼국지》 번역본들을 비교, 대조하여 작가의 시각에서 현대적인 문장으로 재해석해 평역한 새로운 《삼국지》입니다.

2. 《삼국지》 원본의 장황하고 불필요한 사건이나 서술, 시, 관직, 인물명 등은 과감히 생략하여 쉽고 빠르게 읽을 수 있도록 구성하였습니다.

3. 주석과 고 박사의 '여기서 잠깐' 코너를 통해 역사와 문학, 그리고 사상과 철학 및 지식을 쉽게 배울 수 있도록 하였습니다.

4. 지리적 배경에 대한 이해를 돕기 위해 간략한 지도를 주석에 삽입하였습니다.

주석으로 쉽게 읽는

고정욱
삼국지

6

우뚝 선 세 나라

고정욱 평역

애플북스

차
례

1. 도망친 마초 · 7

2. 유비의 망설임 · 39

3. 방통의 죽음 · 78

4. 유비, 마초를 취하다 · 110

5. 삼국의 균형 · 149

6. 오만한 조조 · 183

1
도망친 마초

　조조는 마초가 서북쪽으로 도망쳤다는 보고를 받자 장수들을 모아 놓고 명령을 내렸다.

　"마초가 도망갔다. 마초를 쫓아라! 죽은 마초의 머리를 가져오는 자에게는 천금의 상을 줄 것이고, 산 채로 잡아 오는 자는 대장군에 앉히겠다."

　입이 떡 벌어질 만큼 파격적인 포상이었다. 조조는 그만큼 마초 때문에 곤욕을 치렀고, 화근을 남겨 두면 안 된다고 생각한 것이다.

　"이번에야말로 내가 공을 세울 테다."

　부하 장수들은 모두 공을 세우려고 마초를 죽기 살기로 추적했다. 그래서인지 쫓기는 마초 군은 시간이 흐를수록 뿔뿔이 흩어졌다. 마초는 방덕과 마대 등 심복들과 함께 겨우 삼십여 기를 이끌고 서쪽 변방인 농서 지방의 임조까지 도망쳤다. 조조도 직접 쫓아갔지만 이미 추격할 수 없이 너무 멀리 갔다는 사실을 알고 돌아왔다.

조조는 한쪽 팔을 잃은 한수를 서량후에 봉하여 주었다. 자기가 한 약속을 지킨 것이다.

조조가 허도로 돌아가려 할 때 양부라는 자가 장안으로 찾아와 말했다.

"마초는 위험한 자입니다. 그자는 여포와 같은 용맹한 장수로서 강족 오랑캐의 신임을 얻고 있습니다. 이대로 회군해서는 안 됩니다. 마초가 다시 세력을 키우면 농서 지방을 영영 잃고 맙니다."

조조는 누구보다도 그 사실을 잘 알고 있었다.

"나도 잘 알고 있네. 하지만 지금 중원에서 할 일이 너무나 많다. 여기에 오랫동안 머무를 만한 처지가 못 되어 돌아가려는 것이니 그대가 나 대신 이곳을 지키게."

그리하여 양부가 임무를 떠맡았다. 그는 임지로 떠나기 전에 다시 한 번 조조에게 말했다.

"장안에도 군사를 좀 남겨 놓으십시오. 저희의 뒤를 봐 주어야 합니다."

"걱정하지 마라. 내가 다 계획해 놓았다."

양부가 떠난 뒤 부하 장수들은 조조에게 궁금한 것을 물었다.

"승상, 마초가 처음에 쳐들어왔을 때 위수 북쪽 지역이 끊어진 상태였습니다. 그런데 승상께서 하동으로 해서 풍익을 치지 않고 동관을 지키느라 시간을 지체하다가 뒤늦게 북쪽으로 건너가신 까닭은 무엇입니까?"

"마초가 동관을 지킬 때 내가 직접 하동을 취하려고 했다면 서량군은 군사를 나누어서 나루터를 지켰을 거다. 그러면 우리는 하서로 건너가지 못한다. 하지만 내가 동관 앞에 대군을 펼쳐 놓으니까 남쪽을 지키기에 급급해서 하서를 소홀히 방비했던 것이야. 그래서 서황과 주령이 별 저항 없이 건너간 게지."

"아하! 그런 신묘한 뜻이……."

"그리고 토성을 쌓아 올려서 세력이 약하게 보인 것은 적들을 교만에 빠지게 하려는 술책이었다네. 적들이 서로 배신하고 이간질하는 동안 군사들의 힘을 길러 한 번에 격파하려 했던 것이네."

"또 한 가지 이상한 게 있습니다. 승상께서 적군이 늘어날 때마다 기뻐하신 것은 무엇 때문입니까?"

"서량군이 여기저기 길목을 지키고 있다면 내가 군사들을 운용하기가 얼마나 힘들겠는가? 그런데 그들이 한곳으로 몰려들면 이간질하기도 수월하고 무찌르기도 편하지 않겠는가?"

"역시 승상은 아무도 따를 자가 없는 전법의 대가이십니다."

장수들은 모두 탄복했다. 끝을 자르는 주도면밀함. 그건 조조만의 놀라운 지력과 통찰력이었다.

그렇게 해서 군사들을 일부 남겨 놓고 조조는 허도로 돌아왔다. 황제까지 성 밖으로 나와 영접하고 조조의 눈치를 살피며 조서를 내렸다. 물론 조조의 위엄을 드높이는 조서였다. 그 내용은 조조가 신하로서 황제에게 절하면서 자신의 이름을 알릴 필요도 없고, 궁에 들어올 때도 종종걸음을 치지 않아도 되며, 칼을 차고 신을 벗지 않고도 전각에 오를 수 있다는 파격적인 예우였다. 조조는 이제 거의 황제와 맞먹는 위치에 오른 것이다.

그 소식이 한중까지 전해지자 한녕 태수인 장로는 깜짝 놀랐다. 장로는 원래 도가의 지도자였는데 한중에 살면서 자신을 사군(師君)이라 칭하고 도를 배우려는 사람들을 모아 힘을 기르고 있었다. 병을 고쳐 주는 술법을 쓴다고 하여 민심을 얻으며 세력을 키워 왔다. 한마디로 종교 국가 비슷하게 한중 땅에 자리를 잡은 지 삼십 년이 지났다. 하지만 중원에서 너무 멀리 있는 땅이라서 아무도 이곳까지 와서 치지 않았다. 조정에서는 그를 진남중랑장으로 삼아 한녕 태수에 봉했다. 조공을 바치게하여 다스리는 전략을 구사한 것이다. 굳이 조정에 반기를 들지 않으니다독여서 관리하는 셈이다.

하지만 마등이 죽고 마초가 패했으니 장로는 이제 자신이 토벌 대상이라는 생각이 들었다. 장로는 부하들을 모아 놓고 물어보았다.

"조조는 분명히 우리 한중을 그냥 두지 않을 것이다. 차라리 내가 한녕왕이라 하고 군사를 일으켜 조조와 겨루는 것이 어떻겠느냐?"

염포라는 자가 나섰다.

"한중은 백성도 십만 가구가 넘고 재물도 넉넉합니다. 게다가 사면이험한 산세로 둘러싸여 있습니다. 제 생각에 익주의 유장을 먼저 쳐서 서천을 빼앗은 뒤 왕이라고 칭하셔도 충분하리라 여겨집니다."

이렇게 되면 서천을 노리는 자가 또 하나 생긴 셈이다. 유비와 함께장로도 서천을 탐하게 되는 형국이기 때문이다.

"그게 훨씬 합리적인 전략이로다."

장로는 즉시 자신의 아우인 장위와 함께 군사를 일으키려고 준비했다.

이 사실은 곧 사방팔방 알려졌다. 익주 지역의 목사인 유장은 한나라 노공왕 융의 후예다. 유장은 장로와 원한이 맺힌 사이였다. 과거에 장로의 모친과 아우를 죽였기 때문이다. 한 마디로 둘은 불구대천의 원수인 것이다. 그렇기 때문에 항상 유장은 장로를 경계하며 방희를 파서 태수로 임명해 감시, 감독하도록 했다. 방희는 정탐꾼들이 물어 오는 보고를 들으면 즉시 유장에게 알렸다.

장로가 군사를 일으킨다는 소식을 듣자 소심한 유장은 가슴이 벌렁거렸다. 부하들을 모아 대책을 상의하면서 한 사람씩 의견을 말하라고 했다.

그러자 선비 하나가 나섰다.

"주공, 염려 놓으십시오. 제가 재주는 부족하오나 세 치 혀로 장로가 서천을 엿보지 못하게 하겠습니다."

키는 자그마한데 이마는 튀어나오고 코는 납작하여 용모는 볼품 없었지만 목소리는 무척 우렁찼다. 장송[†]이었다.

장송은 촉군의 성도현 출신이야. 법정과 짜고 익주를 유비에게 넘긴다는 계획을 짠 사람이지. 유비의 입장에서는 은인이지만 촉의 입장에서는 큰 역적이라 할 수 있지.
키가 작고 못생겼다고 해. 작품 속에서 보이는 오기는 그런 콤플렉스 탓일 수도 있어. 하지만 정사에 따르면 장송은 유비에게 간적이 없다고 해. 아마도 소설적 상상력에 적합한 인물이어서 작가가 맘껏 상상력을 발휘한 것 같아.

"그대는 무슨 계책으로 장로를 막아 내겠다는 것이냐?"

"제가 듣자 하니 이제 천하의 대세는 조조라고 합니다. 차라리 이참에 우리가 조조에게 먼저 화친을 제안하는 것이 좋을 듯싶습니다. 예물을 주시면 허도에 가서 조조를 설득해 보겠습니다."

"뭐라 설득할 것인가?"

"한중의 장로를 치라고 제가 조조를 회유하겠습니다. 조조가 장로를 치면 장로는 그를 막는 데 급급하여 우리를 넘볼 수가 없을 것입니다."

훌륭한 계책이었다. 당시 여러 나라가 군웅할거하고 있기에 이런 식의 전략은 언제나 유용했다.

"당장 예물을 갖추어 길을 떠나도록 하라."

그런데 이 일은 서천을 노리고 있는 유비의 정탐꾼에게 탐지되어 형주에 알려졌다.

장송은 그 사실을 모른 채 허도에 도착하여 승상부로 들어가서 조조를 만나기를 청했다.

그때 조조는 마초를 무찌른 뒤 온 세상을 차지한 것처럼 기뻐하며 날마다 잔치를 베풀고 있었다. 만나려 해도 만날 수가 없었다. 장송은 조조의 신하들에게 뇌물을 두둑하게 바쳐 사흘 뒤에야 만나게 되었다.[†]

장송이 절을 하자 조조는 대뜸 꾸짖었다.

"너의 주인인 유장은 무슨 배포로 공물을 몇 년째 보내지 않는 게냐?"

"승상, 저희 처지를 헤아려 주십시오. 길이 험하고 도적들이 많아서 공물을 보내면 도적들이 가로채는 바람에 바치지 못했습니다."

"중원을 내가 다 평정했거늘 무슨 도적 타령이란 말이냐?"

조조는 겁을 주어 기세를 꺾어 놓을 생각이었다. 하지만 장송은 그런 말에 주눅 들지 않았다.

"승상! 남쪽에는 손권이 자리 잡고 있고 북쪽에는 장로가 있습니다. 또한 동쪽에는 유비가 호시탐탐 노리고 있는데 그들 세력이 모두 십만 명 이상의 군사를 거느리고 있습니다. 그런데 어찌 태평하다고 말씀하십니까?"

조조는 그 말에 자존심이 상했다. 아직도 경쟁자가 많은 자기를 비아냥거리는 게 분명했기 때문이다.

"에잉!"

조조는 더 이상 들을 가치가 없다고 생각했는지 자리를 박차고 들어가 버렸다. 그러자 옆에 있던 신하들이 장송을 꾸짖었다.

"그대는 오늘 운이 좋은 줄 아시오."

"내가 왜 운이 좋단 말이오?"

"승상께서 벌을 내리지 않은 것만도 행운으로 알고 돌아가시오. 왜 예의 없이 함부로 입을 놀리는 거요?"

장송이 웃었다.

"허허, 우리 서천에는 듣기 좋으라고 아부하

여기서 잠깐!!

중국에서 높은 사람을 만나기가 얼마나 힘든지는 조선 시대에 풍랑을 만나 중국까지 떠내려갔다가 귀환한 최부의 《표해록》에 잘 그려져 있어. 고생 끝에 황제를 알현하게 되어 새벽부터 예복을 갖춰 입고 궁에 들어갔는데 주변국에서 온 수천 명의 사신들이 너무 멀리 있어 보이지도 않는 황제에게 절을 몇 번씩 하고 선물을 받아 나오는 게 전부였어. 이러니 장송이 조조를 직접 대면한다는 건 결코 쉬운 일이 아니었을 거야.

는 자는 없소이다."

들자 하니 은근히 조조의 신하들을 조롱하는 말이었다. 그러자 조조의 책사인 양수[†]가 참다못해 나섰다.

"그럼 우리는 아부하는 간신이란 말인가?"

장송이 돌아보니 학식이 넓을 뿐만 아니라 말 잘하기로 소문난 인물인 양수였다. 장송은 이미 그의 명성을 듣고 있었다. 허도에 올 때 분명 양수와 마주칠 것이라 예상하고 그를 말로 꺾어 보리라 작정했다.

"그렇게 말한 건 아니지만 그걸 증명하는 건 어렵지 않소이다."

"어째서 그렇단 말이냐? 이 자리에서 말해 보라."

"다른 중신들까지 굳이 우리의 말싸움을 들어야 할 필요는 없을 것 같소."

그리하여 장송과 양수, 둘이 따로 마주앉았다. 한적한 곳에 자리를 잡고 앉자 양수는 예를 갖추었다. 장송이 만만치 않다는 걸 간파하고 자신이 무례했음을 인정한 것이다. 양수는 찜찜한 마음으로는 제대로 된 대화를 나누기 어려워 그렇게 한 것이다.

"촉 땅에서 오느라 고생이 많으셨소. 감히 여쭙는데 촉의 풍토는 어떠하오?"

장송은 막힘없이 촉에 대해 설명했다.

"우리 촉은 금강이 둘러싸고 있고 험한 지형이 보호해 주고 있소이다. 가로세로 삼만 리에 이르며 가는 곳마다 닭이 울고 개 짖는 소리가 들리는 집들이 이어져 있습니다. 논밭 또한 비옥하고 홍수 걱정이 없어서 부강합니다. 물자가 산처럼 쌓여 있으니 천하에 여기보다 좋은 곳은 없습니다."

"그렇다면 인물들은 어떠하오?"

"문에는 사마상여†가 글을 잘 쓰고, 무에는 마복파†가 있습니다. 그 밖에도 수없이 많은 인재들이 있으니 일일이 말할 수가 없소이다."

그들은 중원에서도 이름이 알려진 자들이었다.

"그대와 같은 인재가 유장 밑에 몇 명이나 있소?"

"하하하! 문무 겸비한 인재와 충성스럽고 절개가 곧은 선비들이 백 명이 넘소. 나 같은 재주 없는 자도 끼워 준다면 아마 수레에 실어도 다 헤아릴 수가 없을 것이오."

"그대의 직함은 무엇이오?"

"별가†의 자리에 앉아 있소. 그대는 무슨 직함이오?"

"승상부의 주부† 요."

그 말을 듣자 장송은 고개를 외로 꼬았다.

"대대로 고관을 지낸 훌륭한 집안 출신인 그대가 어찌하여 황제를 모시지 않고 승상부에 와서 붓이나 놀리는 관리가 되었단 말이오?"

양수는 조조의 책사로 유명한 사람이야. 아는 게 많고 말도 잘하며 지혜롭고 민첩해. 그러다 보니 자신의 재주만 믿고 멋대로 행동하다 조조의 비위를 자꾸 거스르게 되지.《삼국지연의》에 나오는 양수의 이야기는 대부분 정사에도 나오는 사실이야. 다만 그가 죽은 시기는 맞지 않아. 죄목도 고관대작들에게 승상부의 기밀을 누설한 죄였어.

사마상여는 촉의 성도 사람으로 서한의 유명한 사부(辭賦) 작가야. 《자허부(子虛賦)》,《상림부(上林賦)》, 《대인부(大人賦)》등 산문의 일종인 부(賦)가 세상에 전해지고 있어. 그의 글은 문장이 아름답고 기운이 호탕해 한나라와 그 뒤를 이은 위나라의 문인들이 많이 모방하며 따랐단다.

마복파는 동한 초기의 무장인 마원(馬援)을 부르는 말이야. 전공을 많이 세운 덕분으로 관직이 복파장군에 이르렀다고 마복파라 불렸어.

그 말에 양수는 너무나도 부끄러웠다.

"내가 비록 직급은 높지 않지만 승상께서 임무를 주어서 이것저것 배울 것이 많아 이곳에 와 있소이다."

양수는 궁색한 변명을 늘어놓았다. 장송이 승기를 잡은 것이다.

"나도 다 들은 이야기가 있소. 승상은 공자와 맹자의 도를 잘 알지 못하고 무에 있어서도 손무†나 오기†의 지혜를 따라가지 못해 오로지 힘으로만 밀어붙여 오늘날까지 왔다고 들었소. 그런 자 밑에서 무얼 배운단 말이오?"

"허튼소리 그만하시오. 변방의 시골 선비인 당신이 어찌 승상의 재주를 알겠소? 내 당장 승상이 쓴 책을 보여 주겠소."

양수가 가져온 책은 조조가 지은 것으로 알려진 《맹덕신서》였다. 십삼 편으로 구성된 병법에 관한 책으로, 뛰어나다고 칭송받고 있었다. 장송은 책을 한번 쭉 훑어보더니 큰 소리로 웃었다.

"하하하! 이 책은 우리 촉 땅에서는 삼척동자도 다 아는 내용이오. 이걸 승상이 썼다니 무슨 헛소리를 하는 것이오?"

"그게 무슨 말이오? 승상이 쓰신 고귀한 책을 놓고."

"이 책의 저자는 전국 시대의 어느 이름 없는 자요. 승상은 도적질에 능해서 남의 책까지 훔치는구려."

"그럴 리가 없소이다. 삼척동자도 다 알고 있다니, 승상을 어찌 그리 업신여긴단 말이오?"

장송은 정중하게 말했다.

"못 믿겠다면 내가 한번 몇 줄 외워 보리까?"

장송이 낭송을 시작했다. 《맹덕신서》의 처음부터 끝까지 줄줄 읊어 대는데 얼음 위에다 박을 밀 듯 거침없었다. 장송의 낭송을 들어 보니 한 글자도 틀리지 않아 양수는 놀라서 입을 다물지 못했다.

"그대는 한번 본 것은 잊지 않는 것이오? 참으로 놀라운 사람이오."

사실 장송은 조조를 망신 주려고 책을 쭉 훑어볼 때 다 외워 버린 것이다.

장송이 일어났다.

"이제 그만 가 봐야겠소."

양수가 말렸다.

"당신 같은 인재를 승상께서는 좋아하시오. 다시 한 번 만날 수 있게 해 드리겠소."

양수는 역관으로 가는 장송을 배웅한 뒤 조조에게 갔다.

"승상, 장송을 소홀히 대접하셨기에 제가 그 사람 됨됨이를 보고 왔습니다. 왜 그러셨습니까?"

"말투가 공손하지 않았다. 오만한 선비가 아니더냐?"

"예전에 승상께서는 예형을 용서하지 않으

별가란 별가종사(別駕從事)를 뜻하는데 주목이나 자사의 신하로서 그들이 군현을 시찰할 때 따로 수레를 타고 모시고 다니는 직책이야.

∽

주부란 수령의 신하로서 문서나 장부, 서적 및 인감(印鑑) 관리를 주로 하면서 사무 처리를 돕는 직책이지.

∽

손무는 중국 춘추 시대의 전략가야. 흔히 손자(孫子)라고 부르는데 높임말이지. 《손자병법》을 지은 병법의 달인이야.

∽

오기는 중국 전국 시대의 병법가이며, 장군이자 정치가야. 여러 나라를 떠돌며 관직에 올라 전공을 세웠어. 장군으로서 병사들과 동고동락해서 충성심을 얻은 걸로 유명해

셨습니까? 그런데 왜 장송은 안 받아들이시는 겁니까?"

"예형은 문장이 뛰어나서 차마 죽일 수 없었다. 하지만 장송 따위가 도대체 무슨 재주가 있다는 것이냐?"

"장송은 말을 잘할 뿐만 아니라 승상의 《맹덕신서》†를 한번 훑어보더니 모두 다 외워 버렸습니다. 전국 시대 무명씨가 쓴 책이라며 촉 땅의 삼척동자도 다 알고 있다고 했습니다."

조조는 화가 치솟아 얼굴이 붉으락푸르락했다.

"우연히 맞아떨어진 것이겠지. 그 책을 다 없애 버려라. 기분 나쁘다."

"승상, 장송을 불러서 조정의 기상을 한번 보여 주시지요."

양수의 말에 조조도 흥미를 느껴 고개를 끄덕였다. 시골에서 온 선비에게 허도에 있는 중앙군의 위력을 보여 주면 단번에 기가 꺾이리라 생각한 것이다.

"내일 데려와라. 군사들을 점검하면서 우리의 위용을 보여 주어 그자가 돌아가면 내가 강남을 쳐부수고 서천도 취할 거라고 전하게 하라."

다음 날 양수는 장송과 함께 교련장에 나타났다. 북소리와 징소리가 울려 퍼지고 창칼이 번득이며 오만여 명의 군사들이 한 줄도 흐트러짐이 없이 대오를 맞추고 있었다.

조조가 장송을 불러 물었다.

"어떠하냐? 이러한 군사들을 본 적이 있느냐?"

장송은 기가 질렸지만 시치미 떼고 말했다.

"우리 촉은 군사로 백성을 다스리지 않습니다. 오로지 인의로써 다스릴 뿐입니다."

그 말이 조조의 자존심을 건드렸다. 조조가 장송을 노려보았지만 장송은 태연했다. 옆 사람들이 눈치를 줘도 아랑곳하지 않았다. 조조가 또다시 언성을 높였다.

"나는 지금까지 싸워서 진 적이 없고, 공격하여 손에 넣지 못한 것이 없다. 나를 따르는 자는 살고 나를 거역하는 자는 모두 죽었다. 너는 그것을 알고 있느냐?"

무시무시한 협박이었다. 그러나 장송은 눈썹 하나 까딱하지 않고 태연하게 대답했다.

"잘 알고 있습니다. 승상은 가는 곳마다 싸우면 이기고 공격하면 반드시 얻는다는 것을 어찌 모르겠습니까? 많은 사건들을 기억하고 있습니다. 복양에서 여포를 치셨고, 완성에서 장수와 싸우셨지요. 적벽에서는 주유와 겨루셨고, 화용도에서는 관우를 만나지 않으셨습니까? 동관에서는 수염도 자르시고 전포를 벗어 버리셨고, 위수에서는 화살을 피하셨지요. 과연 천하무적이 맞습니다. 존경합니다."

비꼬는 뜻이 가득한 말이었다. 모두 다 조조가 수치스러워서 돌이키고 싶지 않은 패전의 기억들이었다.

《맹덕신서》는 전쟁이 일상이던 시절 조조가 쓴 병서(兵書)야. 정사에 의하면 조조는 일찍이 직접 10만여 자나 되는 병서를 지었는데, 여러 장수가 정벌에 나설 때 모두 이 신서(新書)에 따라 군사 업무를 처리했다고 해. 조조의 경험과 지략이 모두 적혀 있는 이 책은 기존 병서를 바탕으로 하여 새로운 이론을 덧붙인 것이야. 신서에는 《독손자병법(讀孫子兵法)》 3권과 《병서약요(兵書略要)》 9권이 포함되어 있었으나 지금은 전해지지 않아.

《삼국지연의》에서 장송이 기존의 책을 베낀 것이라고 폄하한 것은 반은 맞고 반은 틀린 말이야. 모름지기 학문적인 글은 기존의 학설을 재정리하면서 자신의 견해를 덧붙이는 것이기 때문이야. 즉 조조는 오늘날로 치면 그때까지 나온 다른 병법학자들의 책을 다 읽고 정리하여 자신의 새로운 주장을 더해서 책을 낸 것이야. 한 마디로 새로운 박사논문을 쓴 거나 마찬가지야.

"네 이놈! 감히 썩은 선비가 어찌 나의 아픈 곳을 찌르는 것이냐? 당장 내다가 목을 처라!"

조조가 소리치자 양수가 허겁지겁 달려와 말렸다.

"승상! 촉 땅에서 조공을 바치러 온 자를 죽였다고 하면 변방의 백성들이 모두 조공을 거둘 것입니다. 살려 주십시오!"

순욱 역시 나섰다. 그 말이 맞았기 때문이다.

"승상, 진정하십시오!"

보잘것없는 선비 하나를 죽여 봐야 얻을 게 없었다. 그래도 조조는 화가 풀리지 않아 장송을 곤장을 친 뒤 쫓아내게 했다.

장송은 곤장 맞아 아픈 몸으로 역관으로 돌아왔다.

'두고 보자. 이런 치욕이라니.'

장송은 즉시 짐을 꾸려 서천으로 길을 떠났다. 조조에게 서천을 바쳐 화평하게 지내려고 했던 자신의 계획은 완전히 어그러졌다. 유장에게 큰소리치며 세 치 혀를 놀리겠다고 했는데 돌아가면 망신살이 뻗칠 것이 뻔했다. 장송은 돌아가는 길에 생각했다.

'차라리 유비에게 가는 게 낫겠다.'

조조의 경쟁자인 유비의 인심과 후덕함은 널리 알려져 있었다. 그리하여 장송은 말머리를 형주 쪽으로 돌렸다. 그는 이때 제갈공명의 정탐꾼이 자신의 일거수일투족을 감시하고 있다는 것을 전혀 눈치 채지 못했다.

장송이 형주 지역의 경계로 들어서자 오백 명쯤 되는 군사들이 맞은편에서 달려왔다. 깨끗한 차림새에 가벼운 복장을 한 장수가 앞에서 그들을 이끌었다. 잘생긴 인물에 누가 봐도 영웅이었다. 그는 장송에게 다가와 정중하게 물었다.

"혹시 장 별가가 아니십니까?"

"맞습니다. 저를 어찌 아십니까?"

장수는 황급히 말에서 내려 정중하게 예의를 갖췄다.

"상산의 조자룡이라고 하옵니다."

조자룡이 나와서 그를 기다리고 있었던 것이다.

"저의 주공인 유현덕께서 대부(大夫)를 기다리라고 하셨습니다. 먼 길 오시느라 피곤하시겠습니다. 먼저 간단한 음식과 술 한잔 드십시오."

군사들이 음식과 술을 가져와 무릎을 꿇고 그에게 바쳤다. 그들의 극진한 태도에 장송은 감동했다.

'유비가 너그러운 사람이고 예를 갖춰 손님을 맞는다더니, 과연 틀린 말이 아니구나.'

술과 음식을 배불리 먹은 장송은 조자룡과 나란히 길을 떠났다.

그날 밤 형주의 역관에 들어가는데 관문에서 수백 명의 백성과 군인들이 그를 환영해 주었다. 이번에 나선 장수는 긴 수염에 붉은 얼굴이 눈에 띄는 관우였다. 관우는 정중하게 예의를 갖춰 그를 맞이했다.

"대부를 위하여 역관을 쓸고 닦았습니다. 형님께서 분부하셔서 제가 미리 와서 기다리고 있었습니다. 저는 관우라고 합니다."

장송은 얼떨떨했다. 명성이 자자한 천하의 영웅 두 사람을 한꺼번에 만났기 때문이다. 관우와 조자룡은 술상을 차려서 장송을 극진히 대접했다.

장송은 여독을 풀고 다음 날 일찌감치 길을 떠나는데 얼마 가지 않아 한 무리의 사람과 말이 또 다가왔다. 그들은 바로 직접 장송을 맞으러 나온 유비 일행이었다. 제갈공명과 방통이 양옆에서 유비를 호위하고 있었다. 장송을 보자 유비가 먼저 말에서 내려 기다렸다. 먼저 말에서 내린다는 것은 신분이 낮다는 의미였다.

　"어이쿠!"

　놀란 장송도 말에서 내려 공손히 다가갔다. 유비가 다가와 반갑게 맞았다.

　"대부의 높은 이름을 오래전부터 듣고 있었습니다. 찾아가서 가르침을 받고 싶었으나 너무 멀어서 못 갔습니다. 마침 허도에서 돌아오신다는 소식을 듣고 이렇게 나왔으니 회포를 풀며 가르침을 주시면 감사하겠습니다."

　"과분한 말씀입니다."

　장송은 기뻐하며 유비와 나란히 말을 타고 형주성으로 들어갔다. 일행 모두 주연에 참석해 즐겁게 회포를 풀었다. 장송은 자기의 뜻을 먼저 물어 오기를 기다렸으나 유비는 다른 이야기만 하며 오랜만에 친척을 만난 듯 반갑게 대해 주었다. 한참을 지나도 유비가 도무지 말을 꺼내지 않자 장송이 참다못해 먼저 물었다.

　"지금 황숙께서는 몇 고을을 지키고 계십니까?"

　유비는 제갈공명이 미리 짜 놓은 대로 못 들은 척 대답하지 않았다. 이처럼 나서지 않고 주변 사람들의 충언을 잘 듣고 따르는 것이 유비의 영웅적 면모였다.

유비 대신 옆에 있던 제갈공명이 대답했다.

"땅이라고 할 것이 없습니다. 저희는 동오로부터 잠깐 이곳 형주를 빌렸을 뿐입니다. 동오에서 매일 돌려 달라고 성화입니다. 저희 주공께서 동오의 사위이기 때문에 그럭저럭 견디는 중입니다."

"아니, 동오라 하면 강동의 팔십일 주의 땅을 차지하고 있지 않습니까? 뭐가 부족해서 더 차지하겠다는 겁니까?"

이번에는 방통이 거들었다.

"우리 주공은 한나라 황실의 황숙이 아니겠습니까? 그런데도 변변한 고을 하나 없습니다. 다른 자들을 보십시오. 모두 다 좀도둑들인데 버젓이 땅을 차지하고 있습니다. 그래서 지혜로운 자들은 불평하고 세상에 나오지 않는 겁니다."

그러자 유비가 정색을 했다.

"두 분은 말씀을 삼가시오. 내가 부족해서 그런 것인데, 어찌 남들을 탓하겠소?"

장송은 유비의 그런 태도에 더욱 감동받았다. 진짜 영웅을 본 것 같았다.

"아닙니다. 황숙께서는 땅을 차지하는 것은 물론이고 정통을 이어 제위에 올라도 되지 않습니까?"

유비가 사례하며 말했다.

"과분한 말씀이오. 덕이 부족한 나에게는 어울리지 않는 말씀입니다. 이제 그런 골치 아픈 이야기는 그만하고 술이나 드시지요."

유비는 사흘 동안 내리 잔치를 벌이며 장송을 대접했다. 융숭한 대접을 받으며 푹 쉰 장송은 마침내 말을 타고 다시 서천을 향해 길을 나섰다. 그가 떠나려 하자 유비는 아쉬움의 눈물을 흘렸다.

"대부를 만나 사흘간 회포를 풀어 참으로 기뻤습니다. 언제 또 뵙고 가르침을 받을지 참으로 막막할 따름입니다."

유비가 눈물을 흘리며 진심으로 헤어짐을 아쉬워하자 장송은 마음속으로 생각했다.

'조조에게 바치려던 서천을 차라리 유비에게 넘기는 것이 어떨까.'

장송은 마음을 정하고 입을 열었다.

"이번에 형주를 직접 둘러보니 정말 동쪽에는 손권이 노리고 있고 북쪽에서는 조조가 이빨을 드러내고 있어 오래 있을 곳은 못 되는 것 같습니다."

"맞습니다. 하지만 별다른 재주가 없으니 어쩌겠습니까?"

"제가 사는 익주는 험한 지형에 둘러싸여 있고 비옥한 평야가 펼쳐져 있습니다. 아시다시피 백성들은 풍요를 누리며 지혜로운 선비들은 모두 황숙을 흠모하고 있습니다. 형주와 양양의 군사들을 이끌고 서쪽으로 나아가신다면 저 조조처럼 천하를 다스릴 수 있으며 한나라 황실을 다시 일으키실 수 있습니다."

"무슨 말씀이십니까? 감당할 수 없습니다. 게다가 익주의 유장께서도 한실의 종친이 아닙니까? 친척끼리 그럴 수는 없습니다."

"제가 저의 주인을 배신하려는 것이 아닙니다."

장송은 자초지종을 털어놓았다. 조조가 쳐들어오기 전에 조조에게 항복하려던 애초의 계획을 밝힌 것이다.

"원래의 생각을 바꾸어 이렇게 황숙을 찾아온 것입니다. 먼저 서천을 접수하신 다음 북쪽으로 한중을 도모하시면 중원을 취할 수 있습니다. 그리하여 한나라 황실을 바로잡으면 이름이 역사에 길이 남을 것이니 얼마나 큰 공로입니까? 만일 서천을 취하시겠다면 제가 있는 힘껏 돕겠습니다."

"아닙니다. 말씀은 감사하나 그럴 수는 없습니다. 같은 종친끼리 죽이고 살리다니요? 세상 사람들이 저희를 욕할 것입니다."

장송은 초조해졌다.

"세상 사람들 모두 대장부가 되어서 공을 세우려 하고 있습니다. 이 기회를 부디 놓치지 마십시오."

"놓치지 않고 싶어도 촉 땅은 지형이 험준하다 들었습니다. 산이 높고 물이 많아서 수레가 갈 수 없고 말은 물에 빠진다고 들었는데 어찌 취하겠습니까? 길도 전혀 모르는데 말입니다."

그 말에 장송은 마침내 자기가 준비해 온 지도를 꺼냈다.

"그럴 줄 알고 제가 자세한 지도를 만들어 놓았습니다. 황숙의 덕에 감동하여 이 지도를 드리겠습니다. 이것만 있으면 촉 땅의 지리는 한눈에 다 알 수 있습니다."

놀라운 지도였다. 거리와 도로의 폭, 산천의 높낮이가 다 표시되어 있었다. 심지어는 각 관청의 창고에 있는 무기와 양식 정보까지 일일이 적혀 있어 작전 지도라 해도 틀림이 없었다.

"황숙은 빨리 도모하십시오. 저에게 친구가 둘이 있습니다. 법정과 맹달이라는 자들입니다. 그들이 나서서 황숙을 도울 것입니다. 나중에 서천에 오시거든 그들과 의논하시면 됩니다."

유비는 두 손을 맞잡고 사례했다.

"감사합니다. 훗날 성사되면 반드시 보답하겠습니다."

"좋은 주인을 만나는 것인데 어찌 제가 보답을 바라겠습니까?"

장송은 이렇게 유비와 이별하고 떠났다.

익주로 돌아오자마자 장송은 부랴부랴 친구인 법정부터 만났다. 법정에게 모든 이야기를 다 털어놓은 뒤 익주를 유비에게 바치자고 속내를 밝혔다.

"자네의 생각은 어떠한가?"

장송의 이야기를 들은 뒤 법정도 비로소 속마음을 꺼냈다.

"나는 이미 유 황숙을 오래전부터 생각하고 있었네."

"우리 둘이 이렇게 뜻이 같다니, 더 주저할 필요가 없네."

그때 맹달이 찾아왔다가 두 사람이 심각한 이야기를 나누는 것을 보고는 눈치를 챘다.

"그대들이 무슨 이야기를 하고 있는지 내가 맞혀 보겠네."

"자네가 어찌 그럴 수 있나?"

"익주를 누구에게 바칠까 고민하는 중이 아닌가?"

둘은 놀라지 않을 수 없었다.

"그렇다네. 그럼 누구에게 바치는 것으로 정했을지 맞혀 보게."

장송의 말에 맹달이 딱 잘라 대답했다.

"유현덕이 아니고선 안 된단 말이지."

"하하하하!"

세 사람은 뜻이 통했음을 알고 박장대소를 했다. 이들은 유비의 입장에서 보면 충신이지만 이들의 주공인 유장의 입장에서는 엄청난 반역자이고 배신자였다.

법정이 장송에게 물었다.

"내일 유장을 만나면 무슨 이야기를 할 생각인가?"

"두 사람을 형주로 가는 사신으로 추천할 생각이야. 함께 형주로 가서 유 황숙을 만나고 오게."

다음 날 장송은 유장을 만나 인사를 올리고 사신으로 다녀온 결과를 말해 주었다.

"조조는 어떻던가? 듣던 대로 영웅이 맞던가?"

"가 보았더니 제가 틀렸습니다. 조조는 한나라의 역적입니다. 천하를 다 차지하려고 하고 있을 뿐만 아니라 우리 서천도 빼앗으려고 착착 준비하고 있었습니다."

격하게 성토하는 장송의 말에 유장은 당황했다.

"그렇다면 어떡하면 좋겠는가?"

신하들도 모두 두려움에 떨었다.

"저에게 꾀가 있습니다. 장로와 조조가 우리 서천을 넘보지 못하게 할 수 있습니다."

"어떤 꾀인가?"

"오는 길에 유 황숙을 만났습니다. 그는 주공과 종친이면서 인자하고 너그러운 사람이었습니다. 게다가 조조와 맞상대할 만한 영웅이었습니다. 차라리 이참에 유 황숙에게 사신을 보내어 손을 잡으십시오. 그러면 조조도 겁날 것이 없고 장로도 두려울 것이 없다고 생각합니다."

"안 그래도 전부터 유현덕을 관심 있게 보고 있었네. 그렇다면 누구를 보내면 좋을까?"

"법정과 맹달을 보내십시오."

장송의 말에 유장은 고개를 끄덕였다. 그리고 곧바로 우호 관계를 맺자는 내용의 서신을 쓰게 하여 법정에게 형주로 가서 전하게 했고, 맹달이 오천 기를 이끌고 나가 유비를 서천으로 영접해 오기로 결정했다.

그때 일이 일사천리로 진행되는 것을 막는 신하가 한 사람 있었다.

"주공! 장송의 꾀에 넘어가지 마십시오. 저자의 꾀에 넘어가면 서천 땅 사십일 주가 남의 것이 됩니다."

유장이 고개를 돌려 보니 그는 주부로 일하고 있는 황권이었다. 황권은 사태가 돌아가는 것을 보며 충언을 한 것이다.

"무슨 소리냐? 현덕으로 말할 것 같으면 나의 종친이다. 그에게 구원을 청하는데 왜 경망스럽게 안 된다고 나서는 게냐?"

황권이 꿇어 엎드려 말했다.

"유비의 인덕은 잘 알고 있습니다. 인심도 얻고 백성들에게도 칭송을 받고 있습니다. 어디 그뿐입니까? 그의 밑에는 수많은 선비들과 용맹한 장수들이 몰려 있습니다."

"그러니까 더더욱 우리와 친하게 지내자고 하는 게 아니냐?"

"그런 자를 촉 땅에 불러들여 신하로 대접하면 그가 만족하겠습니까? 그렇다고 동등하게 대하면 한 나라에 주인이 둘이 됩니다."

사태가 심각함을 깨달은 장송이 나섰다.

"주공, 제 말을 들으십시오. 그렇게만 되면 우리 서촉은 태산같이 편안해질 것입니다."

"아닙니다. 장송은 오는 길에 유비를 만났으니 저자는 배신자이고 모반자입니다. 저자의 목을 치고 유비와 단절하시옵소서."

황권이 다시 간곡히 말하자 유장이 물었다.

"현덕까지 적이 된다면 조조나 장로가 쳐들어올 때 무슨 수로 우리가 막느냐?"

"주공, 국경을 지키고 요새를 든든히 하며 해자를 깊게 파고 성벽을 쌓으면 그들은 함부로 들어올 수가 없습니다."

"그걸 계책이라고 말하는 거냐? 적들이 곧 쳐들어올 판에……."

유장은 황권의 말을 무시했다. 그리하여 계획대로 하려고 할 때 또 다른 충신이 나섰다. 종사관으로 있는 왕루였다.

"주공, 장송의 말대로 하면 큰 화가 따를 것입니다."

"그렇지 않다. 장로를 막으려면 이 방법밖에 없다."

"그렇지 않습니다. 주공! 장로는 비유하자면 피부병에 불과합니다. 피부에 있는 사소한 병일 뿐인데 유비를 불러들이는 건 심장과 배 속에 큰 병을 불러들이는 것입니다. 야심만만한 유비를 불러들이시면 안 됩니다. 그렇게 되면 서천은 필히 망합니다."

"입 닥쳐라! 현덕은 나와 친척 사이다. 어찌 나의 땅을 빼앗는단 말이냐? 저자들을 당장 끌어내라!"

유장은 황권과 왕루를 끌어내게 한 뒤 법정에게 형주로 떠나라는 명령을 내렸다.

법정은 익주를 떠나 곧장 형주로 달려갔다. 그는 유비를 만나 유장의 서신을 전했다.

족제[†] 유장은 현덕 장군 휘하에 절을 하고 글을 올립니다.

일찍이 명성을 들었으나 땅이 험악하여 인사를 올리지 못하여 참으로 송구하옵니다. 어려울 때 서로 도와주고 힘을 합쳐야 한다고 들었는데 친구 사이도 그렇거늘 하물며 친척 간은 말할 필요가 없겠지요.

바야흐로 장로가 우리를 노리고 있습니다. 불안한 이때에 사람을 보내어 서신을 올립니다.

친척 간의 정리로 군사를 일으켜 도적들을 무찌르는 데 도움을 주십시오. 이와 입술처럼 좋은 관계를 맺는다면 그 은혜를 잊지 않겠습니다. 글로는 뜻을 다 전하지 못하오니 한시바삐 수레와 말을 타고 오시기 바랍니다.

유비는 원하던 일이 이루어지고 있어 적잖이 기뻤다. 즉시 잔치를 열어 서신을 가져온 법정을 환대했다. 술이 거나해지자 유비는 주위 사람들을 모두 내보내고 법정에게 조용히 말했다.

"공의 이름을 사모한 지 오래요. 장 별가도 공을 추천했소이다. 이제 가르침을 들으니 참으로 기쁩니다."

법정은 감격했다.

"저는 그저 촉 땅의 보잘것없는 관리입니다. 어찌 이렇게 과분하게 대해 주십니까?"

"내가 촉 땅을 취하고는 싶지만 유장이 나와 같은 종실이라 차마 움직이지 못하고 있을 뿐이오. 내 땅 하나 없는 처지가 딱할 따름입니다."

"익주는 하늘이 내린 땅입니다. 다스릴 만한 주인이 나오면 다스릴 수 있을 것입니다. 유장이 선비를 제대로 쓰지 못해 나라가 넘어갈 판국입니다. 게다가 스스로 장군께 바치려 하고 있습니다. 이때를 놓치면 안 됩니다. 결심만 하시면 제가 돕겠습니다."

유비는 천군만마를 얻은 듯이 기뻐하며 두 손을 맞잡고 사례했다.

"참으로 고마운 일이오! 이 은혜 절대 잊을 수 없소이다."

유비가 법정을 역관으로 안내해 주고 돌아와 홀로 생각에 잠겨 있을 때 방통이 다가와 물었다.

"주공, 결단하십시오! 왜 망설이십니까? 주저하실 게 없다고 생각합니다."

"내가 어찌하면 좋겠는가?"

"형주는 불리한 곳입니다. 반면에 익주는 백만 명이 넘는 백성들이 살고 있고 땅은 넓고 물자가 풍부합니다. 장송과 법정까지 돕겠다고 나서니 하늘이 도와주는 것입니다. 주저하

족제(族弟)라는 말은 성과 본이 같은 한집안에서, 아우뻘이 되는 먼 친척을 이르는 말이야. 비슷한 말로 족하(足下)가 있어. 족하는 편지글 등에서 가깝고 대등한 사람에 대한 경칭으로 쓰였어. 집안의 아랫사람에게 붙이던 용어로 쓰이다가 우리는 대한제국 멸망 이후 잘 쓰이지 않게 되었어. 일부 편지에서는 쓰였는데 이 말이 굳어져서 만들어진 단어가 조카야. 조카는 자신의 형제, 자매, 사촌, 육촌 등 비슷한 세대의 자녀를 이르는 말로 쓰이고 있지.

지 마십시오."

"조조와 나는 물과 불처럼 상극이오. 조조가 급할 때 나는 느긋해야 하고, 조조가 포악하면 나는 어질어야 하오. 조조의 속임수에 나는 충직으로 맞붙어야 하는 것이오. 이렇게 해야 나는 큰일을 이룰 수 있소. 그런데 지금 작은 이득을 얻겠다고 나서면 그동안 내가 쌓은 명성이 다 흩어질까 걱정될 뿐이오."

비로소 유비가 수십 년간 마음속에 품었던 속내를 털어놓은 것이다. 그가 어질고 후덕한 사람이 된 것은 모두 다 큰 뜻을 향한 자신의 포장이었던 것이다. 권력과 이름 알려지는 것을 가까이하지 않는 자는 깨끗한 사람이다. 이와 가까이 하더라도 여기에 물들지 않으면 그 역시 깨끗한 사람이다. 한 마디로 권모술수를 모르는 것이 깨끗하지만, 이를 알고도 행하지 않는 게 더욱 고상한 것인데 유비가 그런 사람이었다.

"하하하! 잘 알고 있습니다. 그 말씀도 맞습니다만 이런 난세에 군사를 일으켜 싸울 때는 원칙을 지키기가 어렵습니다. 이치만 따지면 한 발짝도 나서지 못합니다. 오늘 취하지 않으면 남에게 빼앗깁니다. 부디 잘 생각하십시오."

그제야 유비는 깨달았다.

"그대의 말씀이 진정 옳소이다!"

유비는 제갈공명을 불러 이 일을 의논했다.

제갈공명이 말했다.

"형주는 지켜야 합니다. 버리고 갈 수 없습니다."

"맞소이다. 내가 방통과 황충, 위연과 함께 서천으로 떠나겠소. 군사는 관우, 장비, 조자룡과 형주를 지켜 주시오."

한마디로 유비는 위험한 모험 길에 나중에 얻은 장수들을 데려가려는 것이었다. 만일을 대비해 가장 믿음직한 의형제들을 형주에 남겨 두었다. 그러한 유비의 생각을 읽은 제갈공명은 그대로 따르기로 했다. 유비는 황충을 선봉으로 삼고 위연에게 후군을 맡겼다. 자신은 중군이 되어 방통을 군사로 삼고 오만 명을 이끌고 떠날 채비를 했다.

마침내 오만 대군을 거느리고 출발할 때는 겨울이었다. 길을 떠난 지 얼마 안 되어 마중 나온 유장의 오천 군사와 마주쳤다. 맹달이 그들을 이끌고 온 것이다. 유비는 사람을 보내 유장에게 답례했고, 유장은 공문을 띄워 유비의 행차에 불편함이 없도록 조처했다.

유비가 가까이 다가오자 유장은 직접 나가서 맞으려고 수레와 장막을 준비하고 갑옷들을 깨끗이 손질하라 지시했다. 그때 충신인 황권이 들어와서 말했다.

"주공! 이렇게 가시면 해를 입습니다. 주공께서 간계에 빠지는 걸 볼 수 없습니다. 부디 다시 생각하시옵소서."

옆에 있던 장송이 황급히 나섰다.

"종친 간의 의리를 이간질하는 이런 자는 도적들만 도와줄 뿐이옵니다. 듣지 마시옵소서."

둘은 죽기 살기로 치열한 논쟁을 벌였다. 그러나 어리석은 유장은 장송의 말이 옳다고 생각했다.

"네 이놈! 물러가라! 내가 이미 뜻을 정했다."

"주공! 진정 저의 충정을 몰라주십니까?"

황권은 너무나 원통한 나머지 자신의 진심을 보여 주려고 벽에다 머리를 짓찧었다. 피가 흐르는 얼굴로 유장의 옷을 붙잡았지만 유장은 돌아다보지 않았고 오히려 분노했다.

"이자를 끌어내라."

"주공! 다시 한 번 살피십시오!"

황권은 통곡하며 끌려 나갔다. 그때 또 다른 자가 나섰다.

"황권의 충언을 들으시옵소서. 어찌하여 위험 속으로 나가십니까?"

이회가 섬돌 아래에 엎드려 간곡히 만류했다.

"유비를 맞아들이는 것은 호랑이를 집 안으로 끌어들이는 것과 같습니다."

그러나 유장은 고개를 저었다.

"현덕은 나의 종형이다. 어찌 나를 해친단 말이냐? 다시 말리는 자는 목을 치겠다."

장송이 유장에게 말했다.

"주공, 지금 촉 땅에서 신하라는 자들은 모두 자기 가족만 생각하는 자들입니다. 장수라는 자들은 자신의 공만 믿고 딴마음을 품고 있습니다. 유 황숙이 돕지 않는다면 밖에서는 적들이 쳐들어오고 안에서는 저 자들이 들고 일어날 겁니다."

"맞소. 그대야말로 내가 믿을 수 있는 사람이오."

마침내 유장이 성문을 열고 나서려 할 때였다. 한 사람이 달려와 급히 알렸다.

"주공, 왕루가 지금 자기 몸을 밧줄로 묶고 성문 위에 거꾸로 매달려 있습니다. 한 손에 칼을 들고 자기 말을 안 들어주면 스스로 밧줄을 끊어 땅에 떨어져 죽겠다고 합니다. 여기 그의 서신을 가져왔습니다."

유장이 서신을 받아 읽어 보니 이렇게 쓰여 있었다.

익주 종사인 왕루는 피눈물을 흘리며 이 글을 씁니다. 좋은 약은 입에 쓰나 병에 이롭고 충언은 귀에 거슬리나 행할 때 이롭다 했습니다. 옛날에 초나라 회왕[†]이 굴원[†]의 말을 듣지 않고 진나라의 소양왕을 만나러 무관으로 갔다가 진나라에 곤욕을 치렀습니다.

이제 주공께서 유비를 맞이하러 가시니 가는 길은 있으나 돌아올 길은 없다고 생각합니다. 아직 늦지 않았습니다. 장송을 참하시고 유비와의 관계를 끊으십시오. 그리하시면 촉에는 더더욱 행운이며 주공의 기업도 빛이 날 것입니다.

유장은 서신을 다 읽자 크게 노했다.
"내가 이제 비로소 어진 사람을 만나서 즐거운 시간을 보내려 하는데 어찌 나를 이리 업신여기고 막아서는 게냐?"

초 회왕은 당대 화제의 책사였던 장의의 화려한 말과 간교한 꾀에 놀아나서 초나라의 국력을 소진하고 말았어. 끝내 진나라의 계략과 조나라의 배신에 휩쓸려 기원전 299년 초나라 왕의 자리에서 폐위되었어. 아들이 초나라의 군왕 보위를 이어받았고, 왕위에서 폐위된 지 3년 만에 쓸쓸히 죽고 말았지.

굴원은 중국 전국 시대의 정치가이자 시인이야. 전국 시대의 혼란기에 정치적 폐단을 없애는 개혁을 추구했어. 그런데 모함과 배척으로 유배와 복권을 반복하다가, 쇄락의 길을 걷는 나라의 상황에 절망하여 멱라수에 투신해서 죽고 말았지. 작품으로 <어부사>, <천문> 등이 있는데 그의 글은 훗날 우리 사대부들에게도 크게 칭송받았어.

유장은 큰 인물이 될 수 없는 자였다. 큰 공적을 세우고 큰 사업을 이룩한 자들은 대개 겸허하고 남의 말을 잘 듣는 원만한 사람들이다. 반면에 일을 그르치고 기회를 놓치는 자들은 대개 고집이 센 사람들이다. 유장이 고집을 부리며 마음을 바꿀 생각이 전혀 없다는 말을 전해 들은 왕루는 크게 비명을 지른 뒤 스스로 밧줄을 끊고 땅에 떨어져 죽었다. 후세 사람들은 이러한 왕루의 충절을 찬양했다. 목숨을 바쳐 유장에게 보답하고 끝까지 절개를 지킨 것이 칭송의 대상이 된 것이다.

마침내 유장이 삼만 군사를 거느리고 유비를 맞이하러 나갔다.

유비는 촉을 향해 오는 길에 민폐를 끼치지 않도록 엄하게 명령을 내렸다. 유비의 군사들이 도착하자 백성들이 모두 나와 향을 사르고 절하며 기뻐해 마지않았다.

법정이 방통에게 은밀하게 속삭였다.

"장송이 밀서를 보냈는데 부성에서 유장을 만날 때 해치우랍니다."

"알겠소! 절대 누구에게도 말하지 마시오. 두 사람이 만날 때 기회를 보아 결행합시다."

부성은 수도인 성도에서 삼백육십 리나 떨어진 먼 곳이었다. 유장이 먼 길을 가서 유비를 기다리고 있었다. 열흘 뒤 마침내 유비가 입성하여 유장과 얼굴을 마주 보게 되었다.

"그간 뵙고 싶었습니다."

"이렇게 반갑고 고마울 데가 없소."

두 사람은 인사를 나누었다. 그동안의 어려움을 위로하고 술잔을 주고받으며 정을 나누었다. 첫날 술자리가 끝나자 유장은 부하 장수들과 관원들에게 말했다.

"오늘 만나 보니 유 황숙이야말로 참으로 지혜롭고 너그러운 분이다. 왕루와 그 무리들이 이런 분을 모르고 망령되게 의심만 했구나. 참으로 가소롭다. 이분이 도와준다면 조조나 장로 따위는 겁날 것이 없다."

유장은 자신의 녹색 전포를 벗어 황금 오백 냥과 함께 공을 세운 장송에게 전하라고 사람을 보냈다.

그러나 유비를 직접 본 유장의 신하들은 그 얼굴에 서려 있는 야심을 보았는지 일제히 입을 열어 말했다.

"주공, 너무 기뻐하지 마시옵소서. 유비는 보통 인물이 아닙니다. 방비하시옵소서."

"그대들은 쓸데없이 걱정이 많구나. 형님께서 어찌 나에게 다른 마음을 품겠느냐?"

한편 유비는 영채로 돌아와 방통과 이야기를 나누었다.

"유장은 어떤 사람이었습니까?"

"만나 보니 성실한 사람이구려."

방통은 유비의 마음속에 약간의 동정심이 배어 있음을 간파했다.

"주공, 그가 아무리 착하고 성실해도 큰 뜻을 이루는 데는 방해가 될 뿐입니다."

"음, 그렇긴 하오."

"내일이라도 잔치를 베풀어서 유장을 청하되 도부수들을 숨겨 놓고 있다가 주공께서 술잔을 던지면 유장을 없애 버리고 성도로 밀고 들어가야 할 것입니다. 그럼 화살 한 대 쏘지 않고도 뜻을 이룰 것입니다."

그러나 유비는 고개를 저었다.

"그러지 마시오. 그는 진심으로 나를 대접했소. 게다가 나는 이제 촉 땅에 들어왔는데 은혜를 베풀고 신망을 얻지 않은 상태에서 그렇게 하면 하늘이 용납하지 않소. 또한 백성들도 나를 크게 원망할 것이오. 그대의 계책을 따르면 내가 패자(覇者)가 될 수 있다 한들 그렇게 할 수는 없소이다."

"이것은 저의 계책이 아닙니다. 법정이 장송의 밀서를 받고 그렇게 하라고 했습니다."

그러자 법정이 따라 들어와서 이야기했다.

"이는 저희들을 위한 것이 아닙니다. 천명을 따르라는 것입니다."

그러나 유비는 고개를 저었다.

"그럴 수는 없소. 유장은 종친이오. 내가 그를 어찌 죽인단 말이오?"

법정이 다시 무릎을 꿇었다.

"아닙니다. 이대로 계시면 장로가 촉으로 쳐들어올 것입니다. 유 황숙께서는 군마를 이끌고 오셨으니 앞으로 나아가면 공을 이루지만 물러서시면 아무것도 얻지 못합니다. 시간만 보내면 때를 놓치게 될 것이고 계획이 누설되면 다른 사람이 도모할지도 모릅니다. 하루빨리 나서시어 대업을 이루소서!"

유비는 듣고만 있었다. 방통까지도 나서서 거들었지만 유비는 묵묵부답이었다. 그는 제대로 된 도의를 통해서 촉을 얻고 싶었으나 주변의 책사들은 계략을 쓰라고 권하는 것이었다.

2 유비의 망설임

장로가 언제 군사를 일으킬지 알 수 없는 위태로운 상황인데 유비는 고집을 꺾지 않았다. 방통과 법정이 끈질기게 유비를 설득하려 했다. 술자리에서 유장을 죽여야 손쉽게 서천 땅을 손에 넣을 수 있다는 논리였다. 하지만 유비는 고개를 저었다.

"나는 이제 촉에 들어왔소. 이곳 백성들에게 은혜와 신의를 베풀어서 명망을 얻어야 하는데 들어오자마자 바로 그런 일을 저지를 수는 없소이다."

"하지만 주공, 지름길을 놔두고 왜 돌아가려 하십니까? 백성들은 이런 일은 곧 잊습니다."

"아니오. 잊을 리가 없소."

방통과 법정이 아무리 권해도 유비는 받아들이지 않았다.

다음 날에도 성중에서는 잔치가 벌어졌는데 유장과 유비는 자리를 함께했다. 술자리가 무르익자 두 사람은 더욱더 친해졌다. 방통은 법정과 의논했다.

"이대로 손을 놓고 있을 수는 없소. 우리가 먼저 유장을 베어 없애면 주공도 뭐라 하지 못할 것이오."

"맞습니다. 좋은 계책이 있습니까?"

"위연에게 칼춤을 추다가 유장을 베어 없애도록 명을 내렸소."

전날 명을 받은 위연은 방통의 신호를 받자 웃으며 술자리 앞으로 나아갔다.

"소장이 재주는 부족하오나 검무라도 추어서 흥을 돋우도록 하겠습니다."

위연이 춤을 추기 시작하자 방통은 무사들을 몰래 불러들였다. 여차하면 유장의 목을 베고 난장판을 만든 뒤 촉 땅으로 쳐들어갈 기세였다. 그러나 유장의 종사인 장임은 무사들이 늘어선 것을 보자 계략을 눈치채고 자리에서 벌떡 일어나 앞으로 나아갔다.

"멈추시오. 모름지기 검무에는 상대가 있어야 하는 법이오. 제가 위장군과 함께 춤을 추도록 하겠습니다."

위연과 장임이 어울려 검무를 추자 너도나도 칼을 들고 나섰다.

"저도 추겠소이다."

한마디로 양쪽 장수들이 서로 신경전을 벌이는 모양새였다. 이를 보고 방통의 계략을 눈치챈 유비는 옆에 있는 시종의 칼을 뽑아들더니 벌떡 일어나 소리쳤다.

"우리 형제가 오랜만에 만나 술을 마시며 친하게 지내는 데 어떤 의혹도 없고 이곳은 홍문회†자리도 아니다. 검무는 필요 없으니 당장 칼을 버려라! 명령에 따르지 않는 자는 목을 베겠다."

그러자 유장도 자신의 장수들을 꾸짖었다.

"너희들도 칼을 거두어라! 이게 무슨 짓이냐?"

결국 양쪽 장수들이 대청 아래로 내려가고 술자리는 다시 조용해졌다. 유비는 부하 장수들을 불러 말했다.

"우리는 한 조상으로부터 살과 피를 나눈 형제간이다. 앞으로 함께 어려운 일을 헤쳐 나가려 할 뿐, 절대 딴 뜻이 없으니 오해하는 일이 없도록 하라!"

장수들은 모두 고개를 숙였고, 유비는 술잔을 내려 주었다. 유장은 눈물을 흘리며 말했다.

"형님, 감사합니다. 이 은혜를 잊지 않겠습니다."

유비는 잔치가 끝난 뒤 영채로 돌아와 방통

여기서 잠깐!!

홍문회는 홍문에서의 모임이라는 뜻이야. 유래는 진(秦) 왕조를 무너뜨린 후 유방과 항우가 천하를 놓고 서로 다툰 데에서 비롯되었어. 이 두 사람은 홍문(鴻門, 지금의 섬서성 임동의 동쪽 지역)에서 만나게 되었지. 연회석상에서 항우의 책사인 범증은 항장에게 칼춤을 추다가 기회를 보아 유방을 죽이라고 했어. 그러자 이를 눈치 챈 항백이란 장수가 몸을 일으켜 칼춤을 추면서 유방을 보호했지. 그때 유방의 무장인 번쾌가 검과 방패를 들고 갑자기 뛰어 들어오자 유방은 그 틈을 타 달아나 비로소 곤경에서 벗어난 거야. 이후 이렇게 음모와 살기가 가득 찬 잔치를 '홍문회(鴻門會)' 또는 '홍문연(鴻門宴)'이라고 불러.

을 크게 꾸짖었다.

"방 군사, 너무 성급한 것 아니오? 내 그렇게 누누이 말했거늘."

"송구합니다."

방통은 한숨을 쉬며 물러나올 수밖에 없었다.

그러나 유장 측에서는 난리가 났다.

"보십시오, 주공! 유비의 장수들이 하는 행태를 보시란 말입니다. 후환이 없도록 어서 성도로 돌아가시지요."

"맞습니다. 그들은 맹수 같은 자들입니다."

그러나 어리석은 유장은 부하들의 충언을 경청하지 않았다.

"우리 현덕 형님은 다르단 말일세. 형제간의 정을 갈라놓지 말도록 하게."

그 뒤로도 유비와 유장은 매일 만나서 즐거운 시간을 보냈다. 그때 유장에게 급보가 날아왔다.

"주공! 장로가 쳐들어오고 있습니다. 가맹관으로 오고 있다 합니다."

가맹관은 옛날부터 촉으로 통하는 요충지였다. 사천 북쪽 지방의 자물쇠라는 말을 들을 정도로 험한 봉우리를 등에 지고 길을 막고 있는 관문이다.

"형님, 이를 어쩌면 좋습니까? 제발 도와주십시오."

유장은 유비에게 매달렸다.

"동생의 우환은 나의 우환이오. 즉시 군사를 일으키겠소!"

유비가 군사들을 거느리고 가맹관을 향하여 출동했다. 유비가 떠나자 유장의 장수들은 유비가 반란을 일으키지 않도록 요충지와 관문마다 군사들과 장수들을 배치하라고 권했다.

"주공, 어서 결단을 내리십시오."

"아니다. 형님을 의심해선 아니 된다."

"매사에 튼튼히 하는 것은 나쁠 것이 없습니다."

거듭 장수들이 권하자 유장은 더 이상 거부할 수 없어 자신은 성도로 돌아가며 양회와 고패 두 사람을 부수관으로 보내어 지키도록 했다.

가맹관에 도착할 동안 유비도 가만있진 않았다. 가는 곳마다 백성들에게 덕을 베풀고 인심을 얻었다. 하늘은 유비에게 빈한한 형편을 주었지만 유비는 덕을 두텁게 쌓아 이를 막아 내고 있었다.

이러한 소식은 염탐꾼에 의해 동오로 즉시 전해졌다. 손권은 지체 없이 신하들을 모아 놓고 계책을 물었다. 고옹이 나서서 말했다.

"지금이야말로 좋은 기회입니다. 유비가 지형이 험한 서천으로 들어갔으니 군사들을 풀어 강어귀를 지키게 하십시오. 그럼 유비 군이 쉽게 돌아오지 못할 것입니다. 그런 다음 군사를 동원한다면 형주와 양양을 쉽게 공격할 수 있을 것입니다."

"참으로 좋은 계책이다."

손권은 무릎을 치며 당장이라도 칼을 뽑아 진격할 태세였다. 그때 갑자기 병풍 뒤에서 고함소리가 들리더니 국태인 오 부인이 나타났다.

"누가 이런 계책을 꾸민 게냐? 당장 목을 베어야 한다. 내 딸을 죽일 셈이냐?"

오 국태는 유비를 죽이려 쳐들어간다는 말만 듣고 앞뒤 가리지 않고 나타난 것이다. 모든 사람이 화들짝 놀랐다.

"내가 딸 하나를 애지중지 키워 천하의 영웅인 유비에게 시집보냈는데 군사를 일으킨다면 내 딸은 어찌 된단 말이냐? 도대체 지각이 있는 것이냐, 없는 것이냐?"

오 국태는 계속해서 손권을 꾸짖었다.

"너는 아버님과 형님의 대업을 물려받아 팔십일 주를 거느리고 있으면서도 무엇이 부족하여 더 욕심을 부리는 것이냐? 골육의 정도 더 이상 필요 없다는 것이냐?"

"어머님, 그게 아닙니다. 그대들은 잠시 물러가시오."

백관들을 내보낸 뒤 손권은 오 국태에게 백배사죄했다.

"죄송합니다. 나라를 생각하는 마음이 너무 앞서다 보니 그만 이런 실수를 저질렀습니다. 노여움을 푸십시오."

오 국태는 원망하는 마음은 여전했지만 분을 조금 풀고 내당으로 들어갔다. 손권은 좋은 기회를 놓칠 것 같아 한숨만 쉬고 있었다. 그때 스승처럼 모시는 책사인 장소가 들어와 말했다.

"주공, 늦지 않았습니다. 지금이라도 방법이 있습니다."

"무슨 방법이오?"

"믿을 만한 사람에게 군사 오백 명을 주어 형주에 들어가게 하십시오. 국태께서 위중하신데 따님을 보고 싶어 한다는 밀서를 꾸며서 손 부인을 모셔오게 하는 겁니다. 마침 유비가 자리를 비우지 않았습니까?"

"오, 그렇게 하면 되겠구려."

"이왕이면 유비의 한 점 혈육인 아두까지 데려오게 하십시오. 그렇게 되면 아두를 형주와 바꾸자고 이야기하게 될 것입니다. 그렇게 되지 않더라도 우리가 군사를 일으켜 쳐들어갈 때 아두를 잡고 있기 때문에 유리할 것입니다."

"그거야말로 기가 막힌 대책이오. 주선은 배짱이 두둑하고 우리 집안과도 가까우니 그를 보내야겠소."

"은밀히 추진하셔서 사람을 빨리 보내십시오."

그날 오후에 손권의 명을 받은 주선은 오백 명의 군사들을 장사치로 꾸며 배에 태우고 길을 떠났다. 그는 형주에 도착하자 손 부인에게 연락을 취했다. 그리고 성중으로 들어가 손 부인에게 가짜 밀서를 올렸다. 손 부인은 밀서를 받아 들고 눈물부터 흘렸다. 오랜만에 받아 본 친정에서 온 편지였기 때문이다. 게다가 어머니가 위중하다는 내용을 읽자 눈물을 뚝뚝 흘렸다.

주선이 엎드려 절하며 말했다.

"국태께서 위독하십니다. 한시바삐 돌아가셔야 합니다. 자칫하면 시간을 놓쳐 뵙지 못할 수도 있습니다."

"당장 가겠소."

"그리고 아두 공자님도 보고 싶어 하십니다. 가시는 길에 함께 모시고 가시지요."

"하지만 내가 이곳을 떠나려면 군사에게 이 사실을 알려야 하오."

군사는 다름 아닌 제갈공명이었다. 당황한 주선이 물고 늘어졌다.

"그러다가 군사께서 유 황숙에게 알리고 허락받은 다음에 가라고 하면 어쩌시려고요? 국태께서는 한시가 급하신데."

"하지만 알리지 않고 갔다가 도중에 못 가게 막으면 어떡하오?"

"강가에 이미 배를 대 두었습니다. 수레를 타고 잠시 바람 쐬러 나가시는 것처럼 하면 됩니다."

결국 손 부인은 아두를 데리고 수레에 올라 강가로 갔다. 삼십여 명의 군사들이 호위하여 떠난 사실이 뒤늦게 형주성에 알려졌다. 주선이 손 부인을 태우고 배를 막 띄우려 할 때 벼락같은 소리를 지르며 장수 하나가 달려왔다.

"배를 멈추시오! 부인께 하직 인사를 해야 하오."

조자룡이었다. 강가를 순찰하다가 이 소식을 듣고 병사 몇 명만 데리고 급히 달려온 것이었다.

"어서 출발하자!"

주선의 명령이 떨어지기가 무섭게 배를 띄우고 난 뒤 숨어 있던 군사들이 일제히 병장기를 꺼내 무장하여 뱃전에 섰다. 때마침 바람이 불어서 배가 쏜살처럼 앞으로 나아갔다. 조자룡은 강가를 따라 말을 달리며 외쳤다.

"부인께서는 저의 말을 들어 보십시오."

조자룡이 아무리 외쳐도 배는 점점 멀어졌다.

"이거 큰일이로구나."

조자룡은 급하게 배 한 척을 구해서 올라탄 뒤 사공과 함께 힘껏 노를 저어 손 부인이 타고 있는 큰 배를 따라갔다. 작은 배에게 곧 따라잡힐 것 같자 주선은 활을 쏘라고 명령했다.

"따라오지 못하게 활을 쏘아라!"

그들의 의도가 확실해졌다. 조자룡은 빗발치듯 쏟아지는 화살을 창으로 막아 내며 큰 배에 근접해 갔다. 동오의 군사들은 이번에는 창을 들어 공격하려 했다. 그러자 조자룡은 창을 버리고 차고 있던 조조의 청강검을 빼 들더니 단숨에 배 위로 뛰어 올라갔다.

"비켜라!"

청강검을 사방으로 휘두르니 그의 칼 솜씨는 과연 소문대로 천하제일이었다. 동오의 병사들이 추풍낙엽처럼 흩어지며 물러섰다. 선실로 들어간 조자룡은 손 부인에게 큰 소리로 외쳤다.

"주모(主母)께서는 어찌하여 저희에게 알리지도 않고 가십니까?"

손 부인이 노기를 띠고 말했다.

"이 무슨 무례한 짓이오? 모친이 병환이 위독하다는 소식을 듣고 가는 길이오."

"그렇다면 어찌하여 아두 공자까지 모시고 가시는지요?"

"아두는 내 아들이오. 형주에 두고 가면 누가 돌본단 말이오?"

"그렇지 않습니다. 우리 주공께 혈육이라고는 아두 공자뿐입니다. 소장이 장판파에서 목숨을 걸고 구해 낸 분입니다. 주모께서 아두 공자를 데리고 간다는 건 있을 수 없는 일입니다."

"일개 장수에 불과한 자가 어찌하여 남의 집안일에 간섭하는 게냐?"

"집안일이라면 주모 혼자 가십시오. 피도 안 섞인 공자는 안 됩니다. 공자를 내놓으십시오. 죽는 한이 있어도 보내 드릴 수 없습니다."

"무엇 하느냐? 저자를 내쳐라!"

주변에 있던 몸종들이 조자룡을 밀어내려 하자 조자룡은 펄쩍 뛰어올라 손 부인이 안고 있던 아두를 빼앗아 끌어안고 뱃전으로 나왔다. 그런데 뱃전에 나와 보니 이미 배는 강 한가운데에 있었고, 동오군이 살기등등하게 그를 몰아붙였다. 동오군을 다 쓸어버리고 싶어도 손 부인이 보고 있어 그러지도 못하고, 조자룡 혼자 뱃전에 위태롭게 서 있을 때였다.

"무엇 하느냐? 당장 아기를 빼앗아 와라!"

손 부인이 재차 명령을 내렸다. 하지만 천하의 용장인 조자룡 앞에 먼저 나설 자는 없었다. 그때 뜻하지 않게 갑자기 배 십여 척이 강물을 거슬러 올라오는 것이 보였다. 조자룡은 곤혹스러웠다.

'아, 결국 동오 놈들에게 내가 굴욕을 당하는구나!'

그러나 가까이 다가온 맨 앞의 배에는 낯익은 장수가 서 있었다. 바로 장팔사모를 움켜쥐고 있는 장비였다.

"형수님! 이것은 경우가 아닙니다. 조카를 놓고 가십시오."

장비가 순찰 중에 다급한 소식을 듣고 달려온 것이다.

"장 장군님! 천우신조입니다."

"자룡, 기다리게."

배가 가까이 다가가자 장비는 동오의 배에 뛰어올랐다. 주선이 칼을 들고 나왔지만 장비가 장팔사모를 휘두르자 단번에 목이 떨어졌다. 장비는 주선의 목을 손 부인 발치에 집어 던졌다. 손 부인이 깜짝 놀라 외쳤다.

"시숙은 어찌하여 이렇게 무례하게 구는 것이오?"

"형수님이야말로 형님께 여쭙지도 않고 집으로 돌아가려 하다니 이보다 무례한 일이 또 있겠습니까?"

"어머님이 병환이 위중하여 간다는데 웬 말들이 많소? 나를 못 가게 막는다면 강물에 뛰어들어 죽어 버리겠소."

그 말에 장비는 급히 조자룡과 의논했다.

"형수님을 막을 수는 없으니 우리는 아두만 데리고 돌아가세."

"그게 좋겠습니다."

장비가 자신의 배를 붙이라고 한 뒤 말했다.

"우리 형님은 인격이 뛰어난 분이시니 형수님에게 욕될 일을 하지는 않으실 겁니다. 오늘 떠나시더라도 한시바삐 돌아오시기 바랍니다."

말을 마친 장비는 아두를 안고 조자룡과 함께 자신의 배로 건너갔다. 결국 손 부인은 아두를 남겨 놓고 동오로 향했다.

이 사실이 알려지자 후세 사람들은 조자룡을 칭송했다. 과거에 장판교에서 어린 주인을 구하고는 또다시 맨몸으로 장강으로 달려가 동오의 군사들의 간담을 서늘케 했다는 것이다. 조자룡의 용맹은 세상에 겨룰 자가 없다는 칭송이 다시금 자자했다.

물론 장비도 칭송받았다. 장판교 위에서 노기등등하여 조조의 군사들을 물리치더니 또다시 장강에서 어린 주인의 위기를 구했다며 용맹함을 높이 칭찬받은 것이다. 군자에게 용맹함만 있고 예가 없으면 세상을 어지럽게 만든다. 조자룡과 장비는 용맹함과 더불어 주공인 유비에 대한 충성과 예가 있었다. 그랬기에 그들은 오래도록 이름이 전해져 내려오는 것이다.

두 장수는 아두를 안고 돌아오며 기뻐했다.

"조 장군이 발 빠르게 올라가지 않았으면 큰일 날 뻔했어."

"아닙니다. 장 장군께서 도와주지 않았으면 저 혼자서는 감당할 수 없었습니다."

"아무튼 우리 작은 공자를 구해 온 것은 정말 잘한 일이야. 허허허!"

그때 저만치에서 대선단이 다가왔다. 전함을 앞세워 대선단을 이끌고 오는 자는 바로 제갈공명이었다. 이미 두 장군이 아두를 무사히 되찾아 온 것을 보며 제갈공명은 크게 안도의 한숨을 쉬었다.

"두 장군들이 아니었으면 아주 곤란할 뻔했소."

제갈공명은 곧바로 유비에게 이 사실을 알렸다.

손 부인이 혼자 동오로 돌아오자 손권은 땅을 치며 원통해했다.

"아, 유비의 아들을 놓쳤다니 아쉽구나. 하지만 누이가 돌아왔으니 이제 유비와는 남남이다. 주선의 원수를 갚아야 할 것이다."

손권은 군사를 일으켜 형주를 공격하려고 명분을 쌓고 있었다. 그러나 세상일은 뜻대로 되지 않았다. 급보가 날아온 것이다.

"조조가 사십만 군사를 이끌고 쳐들어오고 있습니다. 적벽의 원수를 갚겠다는 것입니다."

손권은 형주 공격은 뒤로 미루고 조조의 대군을 막기 위해 고심할 수밖에 없었다. 이때 손권은 주변의 권유로 도읍을 말릉으로 옮기기로 작정했다. 손권은 말릉에 석두성을 쌓게 했다. 그러자 여몽이 나서서 충언을 했다.

"조조가 대군을 거느리고 옵니다. 유수 땅 강어귀에 보루를 쌓아서 대비를 튼튼히 하시는 게 좋겠습니다."

그러나 여러 장수들이 반대했다.

"우리는 언덕에 올라 적들에게 화살을 쏘다가 여차하면 맨발로 강물에 뛰어들어 배를 타고 공격할 수 있는데 보루는 쌓아서 무엇에 쓴단 말이오?"

"아니오. 싸울 때는 불리할 때도 있고 유리할 때도 있는 법이오. 적을 반드시 이긴다는 보장은 없소. 보병과 기병이 일시에 쳐들어오면 어느 겨를에 배를 띄우고 배에 오른단 말이오? 보루가 필요하오."

손권은 그 말이 옳다고 생각하여 유수 땅에 보루를 쌓도록 명령했다. 수만 명의 군사들이 달려들어 밤낮으로 서두르자 며칠 만에 보루가 완성되었다.

이때 조조는 하늘을 찌를 만큼 기세가 올라 있었다. 책사인 동소가 아부를 했다.

"승상 같은 신하는 역사 이래로 없었습니다. 승상께서는 삼십 년 동안 역도들을 소탕하고 나라를 평안하게 하여 황실을 반석 위에 올려 놓으셨습니다. 다른 신하들과 같은 반열에 서실 수 없기 때문에 위공의 지위를 얻으시고 구석의 예우†를 받으심이 어떠하겠습니까?"

여기서 잠깐!!

'구석의 예우'란 중국 한나라 때 천자가 공이 큰 신하나 황족에게 준 아홉 가지 특전을 말해.

1. 이동 시 두 대의 수레를 움직일 수 있다. 한 대는 제후가, 한 대는 호위 무사가 탄다.
2. 의복은 곤룡포를 입고 면류관을 쓴다. 붉은색 신발을 신는다.
3. 조정이나 집에서 음악과 가무를 즐길 수 있다.
4. 거처하는 집 대문과 나무 기둥에 붉은색을 칠할 수 있다.
5. 황궁 내 전상에 신발을 신고 오를 수 있다.
6. 호위병 삼백 명을 거느릴 수 있다.
7. 역적을 토벌할 수 있는 권한의 상징을 갖는다.
8. 왕의 의장 행사에 쓰이는 도끼를 가지고 다닐 수 있다.
9. 옥으로 만든 제기와 검은 수수로 빚은 술을 제사에 쓸 수 있다.

순욱

성악설을 주장한 것으로 알려진 순자의 후손이라고 해. 용모가 수려하고 재주가 뛰어나 능히 왕의 곁에서 보좌할 만하다는 평을 받았어. 원소에게 의탁했다 그가 그릇이 작은 걸 알고 조조에게 가지. 헌제가 장안을 탈출해서 낙양으로 갈 때 조조에게 그를 받아들이도록 결정적인 조언을 한 게 큰 힘이 되었어. 정사에서는 수춘에서 근심 속에 병으로 죽었다고 기록되어 있지만 조조가 패업을 이루는 데 일등으로 공을 세웠다는 사실은 부인할 수 없어.

구석의 예우라는 것은 왕이나 누릴 수 있는 크나큰 특권이었다. 동소의 말에 책사인 순욱이 반대하고 나섰다.

"승상, 아니 됩니다. 초심을 잊지 마십시오. 의병을 일으켜 황제를 모신 것은 충정을 가지고 시작한 일입니다. 물러서는 절도를 지키셔야 합니다. 그런 특권을 누리지 마십시오. 군자는 덕으로 백성을 사랑하는 법입니다."

조조는 순욱의 충언을 듣자 불쾌해졌다. 그러자 옆에서 동소가 더욱더 강력하게 아첨을 했다.

"모든 사람의 뜻이 그러한데 어찌 순욱 혼자 막을 수 있겠습니까? 개의치 마십시오."

결국 황제에게 표문을 올려 조조가 내심 바란 대로 모든 것을 이루었다. 순욱은 탄식해 마지않았다.

"아, 조조는 이런 사람이었구나. 내 이걸 미처 몰랐도다."

조조는 순욱이 자신에 대해 거부감을 갖게 된 것을 알고 미워하는 마음을 갖게 되었다. 조조는 동오를 치러 군사들을 이끌고 진군하면서 순욱에게 같이 가자고 청했다. 전쟁 중에 자연스럽게 죽여 없애려는 계획이었다. 순욱은 그것을 알고 병이 있다는 핑계로 수춘에 머무르며 조조의 명을 거역했다.

조조는 친필로 쓴 편지와 음식을 담은 합을 순욱에게 보냈다. 병에 걸린 신하에게 맛있는 걸 먹으라고 윗사람이 음식을 보내는 것은 보통 있는 일이었다. 순욱이 조조가 보낸 합을 열어 보니 안에는 아무것도 없었다. 그것은 바로 먹을 것이 없으니 죽으라는 뜻이었다.

"승상의 뜻이 그렇다면 따라야겠지."

순욱은 독을 마시고 자결함으로써 세상을 떠났다. 순욱이 죽고 나자 조조는 비로소 뉘우치며 후하게 장례를 치러 주었다.

이런 우여곡절 끝에 조조의 대군이 유수에 도달했다. 조홍이 강변으로 나가 정찰을 하고 와서 보고했다.

"장강 일대에 온통 깃발이 널렸습니다. 군사들이 어디에 있는지 알 수가 없습니다."

조조가 유수 어귀의 산에 올라 내려다보니 오색 깃발 찬란한 곳의 한복판 배 위에 손권이 앉아 있고 양 옆쪽에 문무 관원들이 서 있는 것이 보였다. 그 기백이 장엄한 것을 보고 조조는 자기도 모르게 칭찬했다.

"자식을 낳으려면 저런 아들을 낳아야 해. 유표의 자식 따위는 개돼지일 뿐이야."

그때 갑자기 동오의 군선들이 나는 듯이 공격해 들어왔다. 그와 동시에 유수성 안에서 군사들이 쏟아져 나와 협공하니 조조 군은 싸울 엄두도 못 내고 도망가기 바빴다.

"멈추어라! 맞서 싸워라! 왜 도망가는 거냐?"

조조가 아무리 외쳐도 소용이 없었다. 게다가 산기슭에서 또 천여 명의 기병이 공격해 오는데 선두에서 지휘하는 장수는 바로 손권이었다. 손권이 또다시 급한 성질을 이기지 못하고 직접 군사들을 이끌고 나선 것이다. 조조가 깜짝 놀라 도망을 치는데 다른 장수들이 곳곳에서 쫓아왔다. 조조는 간신히 영채로 돌아와 전열을 가다듬었다.

"아, 싸워 보지도 못하고 이렇게 비참하게 쫓기긴 처음이다."

그날 밤 영채 밖에서 또다시 동오군이 쳐들어왔다. 사방에서 불화살로 화공을 벌여 주위가 온통 불바다가 되었다. 동오군은 물밀듯 밀려 들어와 조조 군을 쓸어버렸다. 이때 수많은 조조 군이 목숨을 잃었다. 동오군의 추격에 밤새도록 쫓긴 조조 군은 오십 리 밖까지 도망쳐 다시금 영채를 세울 수 있었다.

"아, 어쩌다 이런 창피를 당한단 말이냐!"

그러자 군사인 정욱이 다가와 간했다.

"승상께서는 동오를 치러 오셨으면 속전속결로 하셨어야 하는데 왜 느리게 준비하여 오신 것입니까? 자꾸 날짜를 늦추는 바람에 보루를 세우도록 시간을 주어 손권을 공격하기가 어려워졌습니다. 차라리 허도로 돌아가서 다시 준비하시지요."

그러나 조조는 대꾸도 하지 않았다. 자존심에 큰 상처를 입었기 때문이다. 조조는 손권과 또다시 부딪쳐 싸우려 했다. 조조가 산으로 가서 산기슭을 둘러보고 있는데, 한 무리의 말 탄 군사들이 다가왔다. 손권 일행이었다. 손권은 조조를 보자 조롱했다.

"조조! 그대가 제후들을 호령하고 있지만 역적이라는 건 온 세상 사람들이 다 알고 있다."

그 말에 조조는 화가 치밀었다.

"네 이놈! 어찌하여 너는 황실을 존중하지 않느냐?"

"역적이 나보고 황실을 존중하지 않는다니 가소롭다. 내가 너를 토벌하여 나라를 바로잡겠다."

조조가 호통을 쳤다.

"저놈을 당장 잡아 와라!"

그러자 산 뒤 양쪽에서 기다렸다는 듯이 복병들이 쏟아져 나왔다. 오른쪽에서는 한당과 주태가 삼천 명의 궁수를 이끌었고, 왼쪽에서는 진무와 반장이 군사들을 이끌고 나왔다. 빗발치듯 쏟아지는 화살에 조조는 놀라 도망쳤다.

싸울 때마다 손권에게 지자 조조는 두려움에 떨었다.

"아, 손권이야말로 가볍게 볼 인간이 아니다. 저자는 나중에 분명히 왕이 될 것이다."

조조는 당장 허도로 돌아가고 싶었지만 비웃음을 살까 봐 돌아가지도 못하고 진퇴양난에 빠져 한 달 이상 시간을 보냈다. 시간이 계속 흘러 해가 바뀌고 정월이 되자 비가 내리기 시작했다. 땅이 온통 진창이 되도록 비가 내리자 군사들의 고생은 이루 말할 수가 없었다. 책사들도 의견이 제각각이었다.

"승상, 군사를 거두시지요. 돌아가야 합니다."

"아닙니다. 이제 날씨가 풀립니다. 조금만 버텼다가 동오를 치시지요."

조조는 이러지도 저러지도 못했다. 결단력 있는 조조도 어느새 나이를 먹은 것이다. 그때 동오에서 사신이 와서 손권의 편지를 전했다. 편지의 내용은 다음과 같았다.

나와 승상은 모두 근본은 한나라의 신하가 아니겠소? 승상은 그런데도 망령되게 군사를 일으켜 사람을 수없이 죽였소. 참으로 가벼운 행동이라 하지 않을 수 없소.

이제 봄이 왔는데 마땅히 물러가는 것이 어떻겠소? 만일 물러가지 않는다면 또다시 적벽에서와 같이 큰 화를 당할 것이오. 깊이 생각하시어 처신하기 바라오.

조조가 편지의 뒷면을 뒤집어 보았다. 그곳에도 두 줄의 글이 적혀 있었다.

조조 그대가 죽지 않는다면
나는 결코 편안치 않도다.

"하하하하!"

조조가 크게 웃었다. 퇴각을 권유하는 진심 어린 편지였다. 제발 돌아가 달라는 의미였다.

"알았다. 손권이 나를 속이지는 않겠구나. 돌아가자."

조조는 동오의 사자에게 상을 주어서 돌려보내고 철수 명령을 내렸다. 손권의 편지에는 조조가 돌아가면 뒤쫓지 않겠다는 뜻이 담겨 있었다. 그리하여 그들의 싸움은 피차 소득 없이 끝났다.

손권은 조조를 물리치자 자신감이 생겨 군사(軍師)들에게 물었다.

"가맹관에 간 유비는 아직도 돌아오지 않고 있소. 조조를 막으려던 군사들을 이대로 몰아서 형주로 쳐들어가면 어떻겠소?"

그러자 장소가 말했다.

"안 됩니다. 군사를 일으킬 때는 아닌 것 같습니다."

"그럼 어찌하면 좋겠소?"

"제게 계책이 있으니 유비로 하여금 형주로 돌아오지 못하게 막아 보겠습니다."

"어찌 그런 계책이 있단 말이오?"

"가장 중요한 것은 조조가 다시 쳐들어오지 못하게 하는 것입니다. 우리가 조금이라도 군사를 움직이는 기세가 보이면 조조는 또 쳐들어올 것입니다. 그러니 제 계책대로 편지 두 통만 보내 놓으면 우리는 앉은 채로 형주를 손아귀에 넣을 수 있습니다."

"편지? 어떤 편지 말이오?"

장소의 계책은 이러했다.

"먼저 유장에게 편지를 보내세요. 물론 가짜 편지입니다. 내용은 유비가 우리 동오에 연락해서 함께 손잡고 서천을 취하자고 권유했다는 겁니다. 유장은 그 편지를 읽으면 유비를 의심하게 될 것입니다."

"옳거니, 그리고?"

"또 한 통은 장로에게 보내서 형주로 쳐들어가게 권하는 것입니다. 그렇게 되면 유비는 장로와 유장 둘 다 적으로 두게 되어 곤란해질 겁니다. 그때 군사를 일으키면 우리는 형주를 취할 수 있습니다."

"좋소. 당장 편지를 써서 보냅시다."

이때 유비는 가맹관에 오래 머무르며 널리 민심을 얻고 있었다. 이 또한 유비의 전략이었다. 자신의 인덕을 백성들에게 충분히 알린 다음에 촉을 취하려는 계책이었다. 유비가 방통과 의논했다.

"걱정 근심이 끊이지 않는구려."

"무슨 말씀이십니까?"

"조조가 손권을 이기면 내처 형주를 취하려 할 것이요, 손권이 이겨도 그 군사를 돌려 형주로 올 텐데 좋은 계책이 없겠소?"

방통은 눈썹 하나 까딱하지 않고 대답했다.

"걱정하지 마십시오. 공명이 있기 때문에 감히 넘볼 수 없습니다. 주공께서는 유장에게 편지를 한 통 쓰시지요."

"무엇이라 쓰면 되겠소?"

"손권이 조조에게 공격당하여 형주에 구원을 요청했다고 쓰십시오. 손권이 처남이라서 도와주지 않을 수 없으니 군사를 이끌고 형주로 돌아가 손권과 힘을 합쳐 조조를 치겠다고 말씀하십시오."

"우리가 지금 형주로 돌아갈 수는 없지 않소?"

"그냥 그렇게 말해 보시는 겁니다. 그러면서 형제간의 정리를 생각해서 군사 삼사만 명과 군량 십만 섬을 빌려 달라고 하세요."

"만일 빌려준다고 하면 어찌하오?"

"그때 가서 다시 의논해도 늦지 않습니다."

방통은 유장에게 그런 의지나 능력이 없다는 걸 알고 있었다.

유비는 편지를 써서 성도의 유장에게 보냈다. 유비의 사신이 부수관에 이르자 그곳을 지키고 있던 양회가 사신과 동행하여 성도로 갔다. 유장은 유비의 편지를 읽고 나서 양회에게 물었다.

"장군은 어찌하여 사신과 함께 온 것이오?"

양회가 대답했다.

"유비가 서천에 온 뒤로 은덕을 베풀어 인심을 얻고 있습니다. 하지만 결코 좋은 뜻으로 그러는 것은 아닌 듯합니다. 군마와 군량을 지금 빌려 달라고 하는데 절대 빌려주시면 안 됩니다. 그렇게 되면 타오르는 불길에 섶을 던져 주는 셈이며 기름을 끼얹는 꼴입니다."

"하지만 형제간에 부탁을 외면할 수도 없지 않소?"

"아닙니다. 군마와 양곡을 절대 빌려주면 아니 됩니다."

다른 신하들도 나서서 이렇게 갑론을박이 이어졌다. 결국 유장은 늙고 힘없는 군사 사천 명과 쌀 일만 섬을 보내기로 결정하고 유비에게 사신을 보내어 이 사실을 알렸다.

유비는 유장의 편지를 읽고 불같이 화를 냈다.

"이럴 수가……. 나는 저를 위하여 적과 싸우며 이렇게 수고를 다하고 있는데 이렇게 인색해서야 어찌 우리 군사들에게 목숨 바쳐 싸우라 한단 말이냐!"

유비가 소리를 지르며 편지를 찢어 버리자 놀란 사자가 성도로 도망가 버렸다. 이 장면을 지켜보던 방통이 의아하다는 듯이 물었다.

"주공께서는 덕과 인의를 중시하는 분이 아니셨습니까? 그런데 어찌하여 오늘은 이렇게 화를 내십니까? 지금까지 쌓은 형제로서의 정리를 모두 없던 것으로 돌리시려는 겁니까?"

"아닌 게 아니라 곤란하게 되었소이다. 화를 내긴 했는데 어찌하면 좋겠소?"

방통은 그제야 유비가 행동에 나서려 한다는 것을 알아차렸다.

"좋습니다. 드디어 주공께서 결심하셨군요. 저에게 세 가지 계책이 있습니다."

"말해 보시오."

"젊고 날랜 군사들을 뽑아 밤낮을 가리지 않고 지름길로 달려가서 성도를 급습하는 것이 상책입니다."

"그리고 또 무엇이 있소?"

"두 번째는 촉의 맹장들이 군사들을 거느리고 부수관을 지키고 있으니 주공께서 돌아가신다고 하여 저들이 배웅 나왔을 때 죽이고 성도로 쳐들어가는 것이 중책입니다."

"그럼 마지막 하책은 무엇이오?"

"형주로 귀환하여 나중에 다시 기회를 노리는 것입니다. 이제 세 가지 계책 중 하나로 결정하셔야 합니다. 이곳에 언제까지나 머무르고 있을 수만은 없습니다."

유비가 대답했다.

"상책은 너무 촉박하고 무리가 따르오. 하책은 또한 너무 느리오. 느리지도 빠르지도 않은 중책을 택하겠소."

그리하여 유비는 유장에게 편지를 보냈다.

동생 보시오. 동생을 지켜 주기 위해 애를 쓰고 있는데 조조가 군사를 일으켜 쳐들어왔소. 우리 군사들이 막아 내지 못하고 있어 내가 돌아가 그들을 막아야 하니 경황 중에 작별을 고하오.

유비의 편지가 성도에 도착하자 다른 신하들은 모두 기뻐하는데 장송은 깜짝 놀랐다. 유비가 형주로 돌아가 버리면 그동안 자신이 애썼던 일이 모두 수포로 돌아가기 때문이다. 장송이 비밀리에 유비에게 보낼 서신을 쓰고 있는데 친형인 광한의 태수 장숙이 그를 만나러 찾아왔다.

"형님, 어쩐 일이십니까?"

"동생을 본 지도 오래되어 왔다네."

장송은 엉겁결에 편지를 소맷자락 안에 넣고 형과 이야기를 나누며 술잔을 기울이다가 이내 술에 취했다.

"동생, 너무 취했군. 어서 들어가 쉬게나."

장숙이 장송을 부축하려 할 때였다. 장송의 소맷자락에서 종이 하나가 빠져나와 바닥에 떨어졌다. 장숙을 따라온 시종이 그 종이를 슬쩍 집어 숨겼다. 집으로 돌아오자 시종이 장숙에게 그 편지를 건넸다.

"아까 아우 분의 소맷자락에서 떨어진 서신입니다."

장숙이 편지를 펼쳐 보니 장송의 친필이 분명했다.

유 황숙!

지난날 황숙께 이 장송이 아뢴 말은 거짓 없는 진실이었습니다. 그런데 황숙께서는 어찌하여 끝내지 않고 돌아가신단 말씀이십니까? 대사가 이제 거의 손안에 들어왔는데 취하지 않고 형주로 돌아가신다니요?

이 편지가 닿으면 즉시 진군하십시오. 안에서 제가 거들겠습니다. 서두르셔서 대사를 망치지 마시기 바랍니다.

장숙은 편지를 보고 부들부들 떨었다.

"동생이 우리 집안을 망하게 하려고 역적질을 하고 있구나. 이렇게 된 이상 그냥 두고 볼 수 없다."

장숙은 유장에게 가서 이 편지를 보이고 장송이 유비와 공모해 서천을 바치려 했다는 사실을 낱낱이 알렸다. 유장은 불같이 화를 내며 장송을 당장 잡아 오라고 명령을 내렸다.

"내 저를 후하게 대접했거늘, 어찌하여 모반을 꾀하려 한단 말이냐!"

그날 밤 장송 일가는 삼족이 모두 끌려와 저잣거리에서 목이 떨어져 나갔다. 사소한 실수 하나로 재주 많은 선비가 목숨을 잃은 것이다. 그의 재주가 아깝다는 이야기가 오래도록 전해져 내려왔다.

아둔한 유장은 비로소 유비의 속셈을 알아챈 뒤 신하들을 모아 놓고 대책을 물었다.

"유비가 나의 땅을 노리고 있었다. 어찌하면 좋겠는가?"

황권이 나섰다.

"당장 각 관으로 사람을 보내셔야 합니다. 이 사실을 알려 굳게 지키게 하고, 형주의 군사는 단 한 명도 들어오지 못하게 막아야 합니다."

그날 밤 격문이 전 관문에 전파되었다. 이때 유비는 군사들을 거느리고 가맹관을 떠나 부성에 도착하여 그곳을 지키는 양회와 고패에게 형주로 돌아간다고 알리며 작별 인사나 나누자고 했다. 양회와 고패는 머리를 맞대고 유비의 초청을 어찌하면 좋을까 궁리했다.

"유비가 돌아간다는데 과연 사실이겠소?"

양회의 물음에 고패가 대답했다.

"유비의 목숨이 우리 손안에 있습니다. 칼을 숨기고 가서 유비를 만나자마자 찔러 죽입시다. 그러면 우리 주공께서도 걱정을 덜 것이오."

"좋은 생각이오."

양회와 고패는 군사 이백 명을 이끌고 관에서 나왔다. 나머지 군사는 관 안에 남아 지키도록 하였다. 그러나 유비에게는 방통이 있었다. 방통은 모든 상황에 대비하여 대책을 세워 두었다.

"주공, 양회와 고패가 스스럼없이 나타난다면 뭔가 꾀가 있다는 뜻입니다. 잘 방비하셔야 합니다."

"만약에 그들이 나오지 않으면 어찌하오?"

"그때는 잠시도 지체해서는 안 됩니다. 강력하게 공격해서 관을 취하셔야 합니다."

그때 바람이 휘몰아치더니 유비의 군기(軍旗)가 부러졌다. 불길한 징조였다. 방통이 말했다.

"경계하라는 뜻입니다. 양회와 주패가 주공을 해치려고 꾀를 꾸미는 것 같습니다."

유비는 갑옷을 겹으로 입고 보검까지 허리에 찼다. 방통은 황충과 위연에게 부수관에서 온 군사를 하나도 놓치지 말라고 명을 내렸다. 양회와 고패는 칼을 숨긴 채 양을 끌고 등에 술통을 짊어지고는 군사 이백명과 함께 유비의 진지 앞에 나타났다. 주변을 살펴보니 아무런 방비가 없는 듯해서 그들은 속으로 기뻐했다.

"경계가 허술하군."

"천만다행이오."

장막 안으로 들어가니 유비와 방통이 담소를 나누고 있었다.

"유 황숙께 예를 갖추어 전송하고 싶어 왔습니다. 먼 길을 돌아가신 다는데 부디 아무 탈 없이 가십시오."

"두 분 장군께서 관소를 지키느라 애썼소이다. 잔을 받으시지요."

양회와 고패는 경계심을 풀고 술잔을 받아 마셨다.

"그대들과 은밀한 이야기를 나눠야 하니 군사들은 잠시 물리시오."

유비가 낮은 목소리로 말했다.

"너희들은 물러나 있어라."

군사 이백 명이 중군 밖으로 물러나자 곧바로 유비가 소리쳤다.

"두 도적놈들을 당장 잡아라!"

장막 뒤에 숨어 있던 유봉과 관평이 뛰쳐나와 순식간에 그들을 붙잡아 꿇어 엎드리게 했다.

"네 이놈들! 너희 주인과 나는 한집안의 형제다. 어찌하여 나를 이간 질하느냐?"

두 사람의 품속을 뒤져 보니 날카로운 칼이 나오는 것이 아닌가.

"당장 이자들의 목을 베라!"

곁에서 지켜보던 방통이 이렇게 명령을 내리자 유비는 머뭇거렸다.

"군사, 그렇지만……."

유비에게는 아직도 인정이 남아 있었던 것이다.

"주공께 흑심을 품고 온 자들입니다. 그 죄를 어찌 용서할 수 있단 말씀입니까?"

방통의 결단으로 두 사람의 목이 떨어져 나갔다. 황충과 위연은 방통이 지시한 대로 이백 명의 군사들을 모두 잡아 두었다.

유비가 군사들 앞에서 말했다.

"너희들은 죄가 없다. 양회와 고패 두 놈이 우리 형제 사이를 이간질했기 때문에 목을 베었다. 너희들은 명령을 받고 따라왔을 뿐이므로 아무 죄도 없다는 걸 내가 안다."

유비의 말에 군사들이 절을 올려 사례했다.

"목숨만 살려 주십시오. 충성을 다하겠습니다."

"좋다. 너희들은 살려 줄 테니 길을 안내하여라. 우리가 관소를 점령하면 너희들의 공을 잊지 않겠다."

그날 밤 이백 명의 군사가 앞장서서 관문 앞으로 돌아가 큰 소리로 외쳤다.

"우리가 돌아왔다. 빨리 관문을 열어라!"

성 위에서 들어 보니 자기편 병사들의 목소리여서 아무 의심 없이 문을 열었다. 그 순간 유비의 군사들은 피 한 방울 흘리지 않고 화살 하나 날리지 않은 채 밀고 들어가 부수관을 점령했다. 촉의 병사들은 쓸데없이 저항하지 않고 항복했다. 유비는 약속한 대로 후한 상을 내리고 군사들을 나누어 앞뒤를 수비하게 했다.

다음 날 잔치를 크게 열어 군사들을 배불리 먹였다. 유비도 술에 취했다. 자신이 바라던 촉의 점령이 시작되었기 때문이다. 유비는 방통에게 기쁜 마음을 숨기지 않았다.

"군사, 오늘은 참으로 즐겁소이다."

방통은 유비의 돌변한 태도를 보고 냉소적으로 말했다.

"전에는 남의 나라를 치고 싶어 하지 않던 주공께서 어찌하여 즐겁다 하십니까? 어진 사람이 취할 병법은 아닌 듯하옵니다."

방통이 비꼬자 유비의 목소리가 커졌다.

"내 듣자 하니 주나라의 무왕이 상나라의 마지막 왕인 폭군 주†를 무찌른 뒤에 악곡을 지어서 승리를 기렸다 하는데, 그렇다면 무왕도 역시 어진 사람의 병법을 취한 게 아니란 말이오? 도대체 앞뒤가 맞지 않는 말을 하고 있구려! 당장 물러가시오."

유비는 화가 나서 폭언을 퍼붓고 말았다.

"하하하하! 알겠습니다."

방통은 호쾌하게 웃으며 물러났다. 그는 이미 유비의 인간성을 꿰뚫어 보고 있었다. 겉으로는 한없이 은덕을 베푸는 도덕군자 같지만 그 역시 패업을 이루고 싶어 하는 영웅 중 한 명일 따름이었다.

다음 날 술이 깬 유비는 간밤에 폭언을 퍼붓고 방통을 쫓아냈다는 사실을 주위로부터 듣고 크게 후회했다.

"아, 이럴 수가! 내가 큰 실수를 했구나."

자신의 밑천을 너무 쉽게 드러냈기 때문이

폭군 주는 주로 걸주라는 말로 많이 쓰여. 중국 역사에서 대표적인 폭군 걸(桀)왕과 주(紂)왕을 뜻하는 말이야. 고대 하(夏)나라 최후의 폭군은 걸이야. 포악한 정치를 하다가 은나라 탕왕에게 패하여 도망가서 죽고 말지. 주왕 역시 은나라 최후의 왕인데 주(周)나라 무왕이 토벌을 하니까 스스로 불에 뛰어들어 죽었다고 해.

다. 유비는 격식에 맞게 옷을 갖춰 입고 방통을 불러 정중히 사죄했다.

"군사, 어제 내가 취중에 참으로 큰 실수를 했소. 마음에 두지 마시오. 어제 한 말은 나의 실수였소."

방통이 웃으며 말했다.

"아닙니다. 군신이 함께 실수한 것입니다. 어찌 주공 혼자 실수하셨겠습니까?"

"그렇게 이해해 주니 너무나 고맙소."

유비도 크게 웃었다.

한편 유장은 뒤늦게 이 소식을 듣고 깜짝 놀랐다.

"아, 어찌하여 이 지경이 되었단 말이냐? 이게 다 나의 어리석음 때문이다."

유장은 황급히 문무 관원들을 모아 놓고 유비를 물리칠 대책을 궁리했다. 황권이 먼저 나서서 말했다.

"당장이라도 군사들을 보내 다음 관문인 낙현을 지키도록 하십시오. 낙현만 막으면 성도로 들어올 수 없습니다. 우리 땅 깊숙이 쳐들어오지는 못할 것입니다."

"그 말이 옳다."

유장은 곧바로 영포, 장임, 등현, 유괴, 이렇게 네 명의 장수로 하여금 오만 대군을 거느리고 낙현으로 가서 길목을 지키라고 명령했다.

네 명의 장수들은 가는 길에 사람의 운명을 잘 맞히는 자허상인이라는 도인이 있다는 말을 듣고 그를 찾아갔다. 자허상인은 사람이 죽고 사는 것과 귀해지고 천해지는 것을 기가 막히게 맞히는 재주가 있다고 했다. 도인은 암자에 앉아 있다가 네 명의 장수를 맞았다. 장수 넷이 공손히 절하고 자신들의 앞날을 물었다.

"저희들은 지금 큰 싸움을 하러 가는데 운명을 봐 주시지요."

"나는 산속에 묻혀 사는 쓸모없는 사람인데 어찌하여 인간사의 길흉을 안다고 이렇게 물으시오?"

"아닙니다. 꼭 알려 주십시오."

장수들이 세 번이나 절하자 자허상인은 할 수 없이 동자에게 종이와 붓을 가져오라 하여 일필휘지로 휘갈겼다.

좌측에 용, 우측에 봉 서천으로 날아오누나.

봉황은 땅에 떨어지고 용은 하늘로 올라간다.

하나를 얻으면 하나를 잃는 것이 하늘의 뜻이다.

기회를 잘 보아 구천에 떨어지지 마라.

이것은 바로 유비의 운명을 말해 주는 것이었다. 하지만 네 명의 장수들이 그것을 알 리 없었다.

"저희 네 사람은 어찌 된단 말씀이십니까?"

"하늘의 운수를 피할 수 없으니 알아봐도 소용이 없소."

"그래도 궁금합니다. 알려 주십시오"

그러나 자허상인은 더 이상 말하지 않았다.

"미친 늙은이 아니야? 믿을 수가 없어."

장수들이 산을 내려오며 비웃었다. 그들은 그 뜻을 몰랐던 것이다. 자허상인의 예언은 제갈공명은 승천하고 방통은 죽는다는 의미였다. 천하를 얻을 유비의 대세를 거스르지 말라는 경고였지만 성질 급한 장수들이 알아듣지 못한 것이다.

네 장수는 마침내 낙현에 이르자 군마를 나누어 배치하고 지키기로 했다.

"자, 이곳 낙성은 성도의 장벽이며 보루요. 이곳을 놓치면 성도는 버틸 수가 없소. 우리 넷이 이곳에 모여 있을 것이 아니라 두 사람은 이 성을 지키고 둘은 낙현 앞에 있는 험산에 양편으로 진을 치면 적군이 얼씬도 못할 것이오."

"그럼 우리 둘이 나가서 진지를 구축하여 적을 막아 보겠소."

영포와 등현이 나섰다. 유괴는 두 사람에게 이만 명의 군사를 주어 성 밖 육십 리 떨어진 곳에 영채를 세우게 했다. 자기는 장임과 남아서 낙성을 지키는 전략이었다.

이 모든 정보는 유비에게 속속 전해졌다. 유비가 주위에 물었다.

"우리가 먼저 적군의 영채를 공격해야겠소. 누가 공격하여 공을 세우겠소?"

황충이 앞으로 나섰다.

"노장에게 기회를 주십시오."

"그대가 낙성으로 가서 영포와 등현의 영채를 취한다면 내 크게 상을 내리겠소."

황충이 기회를 잡자 기뻐하며 군마를 이끌고 진군하려 할 때 갑자기 장수 하나가 달려왔다.

"장군! 연세도 많으신데 어찌하여 무리를 하시겠다는 겁니까? 소장이 대신 가고 싶소이다."

유비가 바라보니 그는 위연이었다. 황충은 자신이 데리고 있던 장수인 위연이 나서는 것을 보고는 기가 막혔다. 그동안 공적을 조금 쌓았다고 모시던 장수를 밀어내겠다는 심사로만 보였다.

"내가 이미 명령을 받았는데 네가 어찌 나서는 게냐?"

"아닙니다. 장군은 근력이 다했습니다. 영포와 등현은 촉의 명장이라 들었습니다. 자칫 잘못하여 대사를 그르치면 주공께 큰일 아닙니까? 그래서 제가 대신 가겠다는 것이니 너무 노여워하지 마십시오."

그 말에 황충은 분노가 폭발했다.

"나더러 늙었다니, 나와 한번 무예를 겨루어 보고 싶다는 것이냐?"

위연은 사양하지 않았다.

"정 그렇다면 주공 앞에서 한번 겨루어 봅시다."

"어서 칼을 가져와라!"

황충이 부하 장수에게 명을 내리자 유비가 나섰다.

"뭐하는 짓들이오? 내 그대들만 믿고 촉으로 쳐들어가려는데 호랑이 두 마리가 싸우면 둘 중에 하나는 상할 것이 아니오? 그래서야 어찌 내가 큰 뜻을 이루겠소? 당장 칼을 거두시오!"

방통이 중재안을 내놓았다.

"두 사람은 싸울 필요 없소이다. 영포와 등현이 각각 영채를 하나씩 세웠으니 두 장수께서 하나씩 취하면 될 것 아니오? 먼저 영채를 빼앗는 사람을 선봉으로 인정하겠소이다."

"좋습니다."

둘이 서로 먼저 공을 세우기 위해 바삐 달려가는 것을 보고 방통이 유비에게 말했다.

"두 장군이 가다가 싸울지도 모릅니다. 주공께서 군사를 거느리고 따라가시지요."

그리하여 유비는 방통에게 성을 지키게 한 뒤 오천의 군사를 이끌고 뒤를 따랐다.

한편 황충은 이 기회를 놓칠 수 없었다. 영채로 돌아와서 부하들에게 명령을 내렸다.

"밤늦게 밥을 지어 먹고 한밤중에 전열을 정비해서 내일 해가 뜨면 바로 왼편 산골짜기에 있는 적의 영채로 진격할 것이다."

그러나 위연은 정탐꾼을 통해 재빨리 황충의 작전 계획을 알아차렸다. 위연은 자신의 군사들에게 명령을 내렸다.

"우리는 초저녁에 밥을 먹고 한밤중에 진군하여 날이 밝는 대로 등현의 영채를 공격한다."

위연의 명에 따라 배불리 먹은 군사들은 말의 방울을 다 뗀 뒤 말소리도 내지 않으려고 입에 나무 막대기를 물고 깃발을 말아 쥐고선 어둠을 뚫고 소리 없이 행군했다.

이때 위연은 딴생각을 품고 있었다.

'등현의 영채 하나로는 부족해. 큰 공을 세우려면 영포의 영채까지 한꺼번에 쳐야 돼. 그래야 공을 독차지할 수 있지.'

위연은 머리 회전이 빠르고 공명심이 과한 자였다. 사실 엄밀히 따지면 이것은 명령에 불복하는 것이었다. 그러나 위연은 공을 세우고픈 마음이 앞서 미처 그 생각을 하지 못했다. 위연은 군사들에게 길을 바꾸도록 지시했다. 황충이 맡은 영포의 영채를 치려고 왼쪽 산길로 군사들을 진군하게 한 것이다. 해가 떠오르기 시작하자 영포의 영채가 보이는 곳에서 위연은 군사들을 멈추게 하고 무기와 전열을 재정비했다.

영포의 진영에서는 정탐병을 통해 이미 이 소식을 듣고 대비하고 있었다. 영포의 군사들은 기다리고 있었다는 듯 위연의 군사들을 향해 물밀 듯이 쳐들어갔다.

"위연을 잡아라!"

기습을 하려다가 오히려 기습을 당한 위연은 영포와 삼십여 합을 싸웠지만 승부가 나지 않았다. 서천 군사들은 두 갈래로 나뉘어 위연의 군사들을 급습했다. 위연의 군사들은 밤새 행군을 하여 지친 데다 기습 공격을 당해 변변히 싸워 보지도 못하고 도망쳤다. 위연도 더 이상 버티지 못하고 말머리를 돌려 오 리쯤 도망쳤을 때였다. 산 위에서 등현이 군사를 끌고 내려와 길을 막으며 외쳤다.

"위연은 항복하라!"

위연이 황급히 도망가려는 순간 말이 앞다리가 부러지며 넘어졌다. 위연은 땅바닥에 내팽개쳐졌다.

"위연의 목은 내 것이다!"

등현이 달려와 그대로 위연의 가슴을 찌르려 할 때였다.

"획!"

어디선가 날아온 화살 하나가 그대로 등현의 몸통에 꽂혔다. 뒤따라오던 영포가 급히 등현을 구하려는데 장수 하나가 말을 타고 달려오며 큰 소리로 외쳤다.

"노장 황충이 여기 왔노라!"

황충이 춤추듯이 칼을 휘둘러 영포를 공격하자 영포는 도망갈 수밖에 없었다. 그 기세를 몰아 황충이 그 뒤를 쫓으니 서천의 군사들은 모두 흩어지며 혼란에 빠지고 말았다. 황충의 군사들은 위연을 구해 내고 등현을 해치운 다음 영채 앞까지 밀고 들어갔다.

그때 달아나던 영포가 갑자기 뒤돌아서더니 황충을 공격했다. 황충과 영포가 서로 어울려 십여 합을 싸웠다. 하지만 갑자기 뒤쪽에서 또 다른 군사들이 쳐들어오자 영포는 왼쪽 영채를 버리고 오른쪽 영채로 황급히 달아났다. 영포가 패잔병을 이끌고 영채 앞에 도착해 보니 안에는 깃발 하나 보이지 않았다. 영포는 크게 놀라 좌우를 둘러보며 소리쳤다.

"우리 군사들은 어디 갔단 말이냐?"

그때 황금 갑옷을 입은 장수가 나타났다. 그는 바로 유비였다. 왼쪽에 유봉, 오른쪽에 관평을 거느리고 있었다.

"네 이놈! 패장이 어디로 도망가는 게냐?"

유비는 위연과 황충이 다툴까 봐 뒤따라오다가 접전이 벌어지자 힘들이지 않고 등현의 영채를 점령한 것이다. 일이 다 틀어졌음을 알아챈 영포는 황급히 산기슭으로 도망쳤다. 그러나 십리도 못 가서 나타난 복병들에게 사로잡히고 말았다. 그들은 위연의 군사들이었다. 위연은 자신이 얼마나 큰 잘못을 저질렀는지 깨달았다. 그리하여 후군을 수습한 뒤 서천군 포로에게 길을 물어 영포가 달아날 만한 곳에 미리 가서 매복하고 있다가 공을 세운 것이다.

유비는 첫 싸움에서 승리하자 서천 군사들 중에 항복한 자는 죽이지 않고 모두 받아 주었다. 그리고 그들에게 명을 내렸다.

"나는 너희들이 서천에 부모와 처자식이 있다는 것을 알고 있다. 항복한 자들도 원한다면 군사로 받아들일 것이고, 원치 않는 자는 집으로 돌아가도록 허락해 주겠다."

그 말을 들은 서천의 군사들이 만세를 불렀다. 황충은 영채를 수습한 뒤 유비에게 다가와 말했다.

"군령을 어긴 위연의 목을 베십시오!"

유비는 위연을 불렀다. 위연은 영포를 묶어 끌고 왔다. 자신의 공을 앞세운 것이다.

"그대는 군령을 어긴 것을 아는가?"

"소장의 죄는 죽어도 갚을 길이 없습니다. 하지만 뒤늦게라도 영포를 잡아 왔으니 용서하여 주십시오!"

유비는 군령을 어긴 것은 괘씸하나 믿고 의지할 장수 가운데 하나인 위연의 목을 벨 수는 없었다.

"군령을 어겼지만 적장을 사로잡은 공로를 인정하여 죄를 용서해 주겠다. 하지만 황 장군의 은혜에 깊이 감사하고, 다시는 서로 싸우는 일이 없도록 명심하여라."

"명심하겠습니다, 주공. 황 장군님, 어리석은 소장을 용서하십시오."

위연이 고개를 조아리며 사죄하자 황충은 너그럽게 받아 주었다. 유비는 황충에게 상을 내렸다. 그리고 영포의 결박을 풀어 주고 술상을 차려 내주며 위로했다.

"그대는 나에게 항복할 뜻이 없는가?"

영포는 그 말을 듣자 감격했다.

"죽은 목숨을 살려 주셨으니 항복하겠습니다."

"좋다. 그러면 낙성은 어떻게 치면 되겠는가?"

"유괴와 장임은 저와 생사를 함께하기로 맹세한 자들입니다. 저를 돌려보내 주시면 두 사람도 항복하게 하여 낙성을 바치겠습니다."

"참으로 고마운 이야기다."

유비는 영포에게 옷과 말을 내주고 낙성으로 돌려보냈다. 영포가 떠나는 것을 보고 위연이 말했다.

"애써 잡은 자를 돌려보내시다니요? 가면 배신하여 다시 돌아오지 않을 것입니다."

"아니다. 내가 저자를 인의로써 의롭게 대했으니 절대 저버리지 않을 것이다."

그러나 영포는 위연의 말대로 돌아가자마자 변심했다. 사로잡혔다가 풀려난 이야기는 하지 않고 오히려 유비의 군사들을 죽이고 말을 빼앗아 돌아왔다고 둘러댄 것이다. 유괴는 그 말을 듣자 급히 후원군을 보내 달라고 성도에 요청했다.

유장은 이 소식을 듣고 깜짝 놀라 계책을 강구했다. 그때 큰아들인 유순이 나서서 말했다.

"아버님, 제가 가서 낙성을 지키겠습니다."

"내 아들이 직접 간다 한다. 누가 보좌하겠는가?"

"제가 가겠습니다."

그는 바로 유장의 외삼촌인 오의였다.

"공이 가신다니 마음이 든든합니다. 부장으로 누구를 데려가시겠습니까?"

오의는 오란과 뇌동을 천거해 부장으로 삼고 군사 이만 명을 이끌고 낙성으로 출발했다. 원군이 도착하자 유괴와 장임은 그동안 있었던 일을 알렸다. 오의가 그들에게 계책을 물었다.

"적병이 성 밑까지 들이닥쳤으니 계책이 있으면 말해 주시오."

영포가 나서서 말했다.

"이곳의 지형을 살펴보니 부강이라는 강의 물살이 셉니다. 적들의 영채는 산기슭에 있는데 지세가 아주 낮습니다. 군사 오천 명을 주시면 제가 가서 강둑을 무너뜨려 유비의 군사들을 몰살시키겠습니다."

"그거 좋은 생각이오."

오의는 영포의 계책에 따르기로 하고 오란과 뇌동에게 도와주도록 명령을 내렸다. 영포는 군사 오천 명을 이끌고 나가 제방을 무너뜨릴 준비를 했다. 이제 유비의 목숨은 경각에 달린 것이다.

3
방통의 죽음

유비는 황충과 위연에게 영채를 지키게 하고 부성으로 돌아와 장수들과 대책을 의논하고 있었다. 그때 정탐꾼이 달려와 급한 소식을 알렸다.

"동오의 손권이 간교한 꾀를 부리고 있습니다. 동천에 있는 장로에게 사람을 보내 동맹을 맺은 뒤 가맹관으로 쳐들어온다고 합니다."

유비가 깜짝 놀라 방통에게 지혜를 구했다.

"어쩌면 좋겠소? 가맹관을 잃으면 우리는 퇴로가 끊겨 꼼짝 못 하게 되오."

방통은 맹달에게 부탁했다.

"그대가 이곳 지리에 밝지 않소? 그대가 가서 가맹관을 지켜 주시오."

"알겠습니다. 그런데 저 혼자 지키기보다는 다른 장수와 함께 지키면 훨씬 수월하겠습니다. 제가 마땅한 사람을 알고 있습니다."

"그게 누구요?"

"형주의 유표 밑에서 중랑장을 지낸 곽준입니다."

"좋소. 그와 함께 가서 지켜 주시오."

맹달과 곽준은 유비의 명을 받아 곧바로 가맹관으로 갔다. 그들이 떠난 뒤 방통이 자신의 관사로 돌아와 쉬려 할 때였다.

"손님 한 분이 찾아왔습니다."

문지기의 말에 방통이 나가 보니 키가 팔 척 장신에 비범하게 생긴 사람이 서 있었다. 머리는 짧게 잘랐고 누더기 같은 옷을 걸치고 있었지만 기운이 심상치 않았다.

"선생은 뉘십니까?"

방통이 물어도 그자는 대답은커녕 예의도 갖추지 않고 방안으로 쑥 들어가 방통의 침상에 누워 버렸다. 방통은 당황했지만 필시 이유가 있을 거라고 생각하고 인내심을 갖고 물었다.

"어인 일로 저를 찾아오셨나요?"

"서두를 것 없소. 내가 큰일을 알려 주려고 왔소이다."

방통은 술과 음식을 내오게 했다. 그 사람은 배가 고팠는지 허겁지겁 배불리 먹고 마시더니 그대로 잠이 들었다. 비범한 인물로 보이긴 하지만 염탐꾼이나 자객일지도 모른다 싶어서 방통은 법정을 불렀다.

"낯모르는 자가 와서 이렇게 무례하게 굴고 있습니다. 누군지 아시겠습니까?"

법정은 사람을 보기도 전에 짐작했다.

"팽양이 아닐까요?"

법정이 누워 자는 사람을 살피자 그는 벌떡 일어나 웃으며 말했다.

"그래, 자네는 잘 있었나?"

반갑게 맞이하는 품이 오래된 친구 같았다. 법정도 그를 보고 반갑게 웃었다.

"역시 맞군! 여보게, 오랜만일세. 아하하하!"

두 사람이 반가워하자 방통이 물었다.

"아는 분이십니까?"

"알다마다요. 제가 말씀드렸던 팽양입니다. 촉 땅의 호걸이지요. 머리가 이렇게 짧은 것은 유장에게 바른말을 했다가 머리를 깎이고 목에 쇠고리를 끼는 벌을 받고 노예가 되었기 때문입니다."

"아, 그렇군요. 영웅호걸을 몰라 뵈었습니다."

방통이 예를 갖추어 고개를 조아렸다. 그리고 자리를 잡고 마주앉자 물었다.

"어이하여 저를 찾아오셨습니까?"

팽양이 대답했다.

"특별히 수만 명의 목숨을 구해 주러 왔소이다."

"계책이 있으신가요?"

"그대의 주군인 유 황숙을 만나야 말해 줄 수 있소."

법정이 달려가 알리자 유비가 바로 왔다. 선비가 찾아오면 물불 안 가리고 달려오는 것이 당시 제후들의 습성이었는데 유비는 특히 더했다.

유비는 예를 갖춘 뒤 물었다.

"미련한 저에게 알려 주실 지혜의 말씀이 무엇입니까?"

"지금 전방의 영채에 군사들을 얼마나 배치해 놓았나요?"

유비는 병법에 관한 가르침을 주려는 것임을 알자 긴장했다.

"황충과 위연이 지키고 있습니다. 그들은 용감한 장수들입니다."

"용감하면 무엇하겠습니까? 장수라는 자가 지형을 알지 못하니."

"그게 무슨 말씀입니까?"

"지금 영채라는 것이 부강에 바짝 붙어 있지 않습니까? 만약 적군이 그 제방을 무너뜨리면 어떻게 살아남겠습니까?"

그 말을 듣자 유비는 크게 깨달았다.

"아!"

"저는 천문을 좀 볼 줄 아는데, 별을 보았더니 강성이 서쪽에 자리 잡고 있고 태백성이 이곳에 머물러 있습니다. 불길한 징조이니 황숙께서는 신중하게 움직이시기 바랍니다."

"참으로 놀라운 지혜입니다. 저의 목숨을 살리셨습니다."

유비가 일어나 감사의 절을 하고 그를 막빈†으로 삼았다. 즉시 위연과 황충에게 사람을 보내어 명령을 내렸다.

"적들이 부강의 제방을 무너뜨릴 염려가 있다. 모두 영채를 잘 지키도록 하라."

황충과 위연은 하루씩 번갈아 강변을 경계하며 적들의 침입과 제방을 무너뜨리는 사태에 대비했다.

비바람이 치는 날 밤, 영포는 제방을 무너뜨리기 위해 오천 명의 군사를 이끌고 강둑으로 갔다. 하지만 기다리고 있던 유비의 군사들에게 포위되고 말았다. 군사들의 함성에 영포는 함정에 빠진 것을 알고 혼란 속에서 달아나려다 위연과 마주쳤다. 둘이 맞붙어 몇 합을 싸웠지만 영포는 위연의 상대가 되지 않았다. 위연이 영포를 사로잡아 부관으로 끌고 가니 유비가 영포를 꾸짖었다.

"네 이놈! 너를 인의로 대하여 살려 보냈더니 감히 나를 배신했단 말이냐? 이번에는 살려 둘 수 없다."

유비는 영포를 끌어내어 참하라는 명령을 내렸다. 그리고 위연에게 상을 내리고 잔치를 베풀었다. 물론 팽양도 불러 감사의 뜻을 전하고 후하게 대접했다. 그때 마량이 막사로 들어왔다.

"주공, 제갈 군사의 서신을 가져왔습니다."

마량은 제갈공명의 서신을 유비에게 건네주었다.

"그래 형주에는 별일 없소?"

유비가 반갑게 맞아 주었다.

"아무 일도 없습니다. 주공께서는 걱정하지 마십시오."

유비는 서둘러 제갈공명의 서신을 펼쳐 보았다.

신이 천문을 살펴보니 강성이 서쪽에 자리 잡고 있고

태백이 낙성 땅 위에 나타났습니다.

점을 쳐 보니 주군과 장수들 사이에 흉함이 많고 길함이 부족합니다.

부디 만사에 조심하시길 바랍니다.

천문을 읽은 제갈공명이 불안한 나머지 조심하라고 서신을 보낸 것이었다. 제갈공명은 행동을 조심하라는 뜻으로 서신을 보냈는데 유비는 돌아오라는 뜻으로 해석했다.

"아무래도 이번 싸움을 앞두고 조짐이 좋지 않은 것 같소. 내가 형주로 가서 제갈 군사와 의논해 보아야겠소."

그러나 속 좁은 방통은 그렇게 생각하지 않았다. 자신이 공을 세울까 봐 공명이 자신의 앞길을 막는다고 느낀 것이다.

"주공, 저 역시 천문을 볼 줄 압니다. 강성이 서쪽에 있음을 알고 있습니다. 하지만 이것은 주공의 불운이 아니라 촉 땅의 불운입니다. 적장 영포를 참해 버렸기 때문에 액땜을 했습니다. 주저하지 마시고 진군하시지요."

제갈공명과 쌍벽을 이루는 방통이 천문을 보고 해석한 것도 무시할 수는 없었다. 유비는 결국 군사들을 이끌고 진군하기로 했다. 이때 방통이 법정에게 물었다.

"나아갈 길을 알려 주시오. 어떤 길이 있소이까?"

"산의 북쪽으로 큰 길이 나 있습니다. 이 길

막빈(幕賓)은 제후나 자사, 사신을 따라다니며 일을 돕던 무관을 부르는 말이야. 글자 그대로 하면 손님처럼 막사 안에서 함께 의논하는 신하라고 보면 돼.

로 계속 가면 낙성의 동문에 이르게 됩니다. 남쪽으로 난 길은 작은 길인데 낙성의 서문으로 가게 됩니다. 두 길 모두 군사들을 이끌고 갈 수 있는 길입니다."

법정이 알려 준 길을 장송의 지도와 비교해 보니 한 치의 오차도 없이 똑같았다. 한 마디로 군사를 둘로 나누라는 것이었다.

방통이 유비에게 말했다.

"주공, 위연을 선봉 삼아 제가 남쪽의 소로로 가겠습니다. 주공께서는 황충을 선봉장으로 하여 북쪽 대로로 가십시오. 낙성에 함께 도착하여 공격하는 게 좋겠습니다."

그러자 유비가 말했다.

"군사, 나는 어려서부터 활 쏘고 말 달리는 것에 익숙한 사람이오. 게다가 형편이 여의치 않아 항상 작은 길로만 다녀 보아서 어렵지 않으니 군사께서 대로로 가서 동문을 취하시오. 내가 소로로 가겠소이다."

유비의 뛰어남은 이런 데서 드러난다. 상대방에게 좋은 것을 양보하고 자신이 험한 것을 취하는 대인의 풍모가 있기에 수많은 자들이 그를 추종하는 것이었다.

그러나 방통은 유비의 속마음을 읽지 못하고 반대했다.

"아닙니다. 대로에는 지키는 군사가 있을 것입니다. 군사를 거느리고 가서 막으시면 저는 소로로 빠르게 진격하겠습니다."

"내가 간밤에 이상한 꿈을 꾸었기 때문에 그렇소."

유비는 비로소 지난밤에 꾼 꿈을 이야기했다. 꿈속에서 유비는 신선을 만났다. 신선은 아무 말도 없이 쇠막대로 유비의 오른팔을 냅다 내리쳤다.

"으악!"

잠에서 깬 유비는 실제로 오른팔이 아팠고, 이에 불길함을 느낀 것이다.

"군사, 이처럼 불길한 꿈을 꾸었소. 이번 행군은 좋지 않은 듯하오."

"아닙니다. 대장부가 한번 태어났으면 전쟁에 나가 죽거나 다치는 것은 당연한 일입니다. 한낱 꿈 때문에 어찌 대장부의 뜻을 꺾을 수 있겠습니까?"

"그래도 공명의 말이 걸리오. 아무래도 부관을 지키는 게 낫겠소."

"주공께서는 공명의 서신을 보시고 마음이 흔들리셨습니다. 공명은 제가 큰 공을 세울까 봐 그런 글을 보내서 주공의 마음을 흔들어 놓은 것입니다. 그 마음 때문에 꿈까지 꾸신 것이니 걱정하지 마십시오. 저는 이미 주공을 위해 죽기를 각오했습니다. 더 이상 여러 말씀 마시고 진군하십시오."

방통의 고집은 강경했다. 이렇게 속마음까지 드러내며 제갈공명과의 경쟁심을 드러내니 유비는 어쩔 수 없이 군사들에게 해 뜨기 전에 밥을 지어 먹고 날이 밝으면 진군하라는 명령을 내렸다.

다음 날 해가 뜨자마자 군사들을 이끌고 떠나는데 불길한 징조가 또 나타났다. 방통이 타고 있던 말이 갑자기 뛰어오르더니 날뛰며 주인을 땅바닥에 내동댕이친 것이다.

"아이구! 이런!"

사람들이 달려가 방통을 부축해 일으켜 세웠다. 유비가 물었다.

"어찌하여 말이 저렇게 날뛰는 것이오?"

"모르겠습니다. 오랫동안 탔지만 한 번도 이런 일이 없었습니다."

"어허, 전쟁 중에 이런 일이 생겼으면 방 군사는 죽을 뻔했소이다. 차라리 내 백마를 타고 가시오. 내 백마는 길이 잘 들어 있소이다. 실수가 없을 테니 이 말로 바꿔 타시오."

방통은 감격했다. 자기가 타는 말을 내주는 유비의 은덕을 마음속 깊이 느낀 것이다.

"주공의 은혜를 어찌 갚겠습니까? 만 번 죽어도 은혜를 갚기 어렵습니다."

큰 싸움을 앞두고 자꾸 죽음을 거론하는 것이 불길했지만 유비는 자신의 말을 기꺼이 내주었다. 방통과 유비는 말을 바꿔 타고 길을 떠났다. 그래도 유비는 내내 꺼림칙했다.

한편 낙성의 오의와 유괴는 영포가 죽었다는 소식을 들었다. 대비책을 강구할 때 장임이 말했다.

"동남쪽에 있는 소로는 참으로 중요한 길이오. 그곳에 군사를 매복시키고 있다가 적들을 물리치겠소. 그대들은 낙성을 잘 지켜 주시오."

그리하여 장임은 군사들을 이끌고 소로에 가서 매복하고 기다렸다. 아니나 다를까 저만치에 유비의 군사들이 오는 것이 보였다. 맨 앞에서 백마를 타고 오는 자가 유비가 분명했다. 부장 몇몇이 말했다.

"저 백마를 전에 보았습니다. 유비의 말입니다."

"옳거니. 오늘 내가 유비를 잡을 수 있겠구나. 너희들은 모두 기다리고 있다가 후군이 나타나면 중간을 끊고 기습한다."

방통은 이 사실도 모르고 소로를 지나가다 빽빽한 숲 사이에서 문득 살기를 느꼈다.

"여기는 지명이 무엇이냐?"

항복했던 서천 군사가 나와서 알려 주었다.

"이곳은 낙봉파라고 하옵니다."

"뭐라고? 내 별호가 봉추인데 낙봉파라니!"

그 순간 방통은 모든 것을 깨달았다. 공명과의 경쟁심 때문에 눈앞을 가리고 있던 어리석음이 걷히자 자신이 함정에 빠진 것을 알아차린 것이다.

"빨리 후퇴하라!"

천문에서 나온 불길한 점괘가 바로 자신의 것이었음을 깨닫자 등골에 땀이 흘렀다.

"서둘러라!"

군사들을 돌리려 했지만 이미 때는 늦었다. 기다렸다는 듯 함성 소리가 나면서 산속에서 화살이 거센 빗줄기처럼 쏟아졌다. 화살은 백마를 향해 집중적으로 날아왔다. 말과 방통은 고슴도치처럼 온몸에 화살을 맞아 쓰러져 죽고 말았다. 이때 방통의 나이가 고작 서른여섯이었다.

후세 사람들은 방통의 죽음을 혀를 차며 안타까워했다. 빼어난 재주를 가진 방통이 천하 삼분지계를 알고 역사의 흐름에 몸을 실었지만 유비가 금의환향하는 것을 못 보고 죽음을 애석하게 여긴 것이다.

장임은 방통을 쏘아 죽이는 큰 공로를 세우고 진퇴양난에 빠진 유비의 군사들 태반을 죽였다. 위연이 구하러 돌아왔지만 길이 좁아 싸울 수가 없었다. 이때 서천의 군사가 위연에게 말했다.

"이 좁은 길에서는 싸울 수가 없습니다. 차라리 대로로 내려가서서 낙성으로 향하십시오!"

"알았다. 낙성을 향해 가자!"

위연이 앞장서서 길을 뚫었다. 하지만 낙성을 지키던 오란과 뇌동의 군사들도 가만있지 않고 위연을 치기 위해 달려왔다. 위연의 앞쪽에서는 오란과 뇌동의 군사들이, 뒤쪽에서는 장임의 군사들이 들이닥쳤다. 위연은 사방에서 적을 맞아 죽기를 각오하고 싸웠지만 빠져나갈 수가 없었다. 그때 적들의 후미가 무너지기 시작했다. 위연이 살펴보니 원군이 도착한 것이었다. 원군을 이끄는 장수는 바로 황충이었다.

"위연, 내가 그대를 구하러 왔다!"

노장군 황충은 닥치는 대로 적들을 베어 쓰러뜨렸다. 위연도 힘을 얻어 황충과 협공하여 오란과 뇌동의 군사를 가까스로 물리친 뒤 바로 낙성까지 바싹 다가갔다. 낙성에서는 기다렸다는 듯이 유괴가 군사를 끌고 나와 공격하기 시작했다. 대로로 온 유비도 때마침 나타나 합세하니 황충과 위연은 그 틈에 군사를 돌려세울 수 있었다.

유비의 군사가 영채로 돌아가려는데 매복해 있던 장임의 군사들이 나타나 앞을 막았다. 게다가 뒤에서는 유괴와 오란, 뇌동의 군사가 합세하여 공격해 왔다. 기세에서 밀린 유비의 군사들은 후퇴하기 시작했다. 방통이 죽으면서 전열이 흐트러진 것이다. 후퇴하다 보니 빼앗은 영채에 머물지도 못하고 싸우다가 달아나고, 또 싸우다가 달아나면서 후퇴를 거듭했다. 결국은 부관으로까지 밀려나고 말았다. 기습을 했지만 얻은 것 없이 상처뿐인 후퇴를 하고 돌아온 것이다.

유비는 부관에 들어서자 군사들에게 물었다.

"방 군사는 어찌 되었느냐?"

낙봉파에서 살아남은 군사들이 비통하게 보고했다.

"주공! 군사께서는 적의 화살에 맞아서 전사하셨습니다."

"무엇이? 으흐흐흑!"

유비는 애통해하며 통곡했다. 불길한 예감이 그대로 들어맞은 것이다. 방통을 위해 초혼제를 지내자 모든 군사들이 함께 울고 슬퍼했다. 그러나 이때 유일하게 황충이 제정신을 차리고 말했다.

"주공, 방통 군사께서 돌아가셨으니 분명히 장임이 쳐들어올 것입니다. 대책을 세우셔야 합니다."

"군사가 없으니 어찌 하란 말이오?"

"제갈 군사를 모셔 오십시오. 그와 함께 의논하셔야 할 것 같습니다."

아니나 다를까. 이때 벌써 장임의 군사들이 성 밑으로 다가와 싸움을 걸고 있었다. 유비가 황충과 위연에게 명령을 내렸다.

"지금은 군사들의 사기가 꺾여 있소. 제갈 군사가 올 때까지 우리는 이 성을 지켜야 하오."

유비는 편지를 써서 관평에게 주며 말했다.

"너는 당장 형주로 가서 이 서신을 전하고 제갈 군사를 모셔 오도록 하여라."

그 뒤로 유비는 성 밖으로 나가 싸우려 하지 않았다.

한편 제갈공명은 형주에서 서천 공격에 대해 관리들과 이야기를 나누고 있었다. 그때 서쪽 하늘에서 별이 떨어지는 것을 보자 공명은 놀라 술잔을 땅에 던지며 슬피 울었다.

"아, 원통하도다."

관리들이 물었다.

"무엇을 보고 그러십니까?"

"며칠 전에 불길한 천문 때문에 내가 주공께 서신을 보냈소. 조심하라 말씀드렸는데 오늘 서쪽에서 큰 별이 떨어졌소. 방통 군사가 죽은 게 분명하오."

공명은 눈물을 참지 못하고 울었다. 그 자리에 모여 있던 관리들은 공명의 말에 놀라긴 했지만 믿지는 않았다. 공명이 말했다.

"며칠 안으로 소식이 오면 알게 될 것이오."

과연 며칠 뒤에 관평이 유비의 서신을 전했다. 공명은 서신을 읽고 다시금 통곡했다.

"방통 군사가 낙봉파에서 장임의 군사들이 쏜 화살에 목숨을 잃었다 하오. 으흐흐흑!"

공명이 통곡하자 주변에 있던 사람들도 모두 눈물을 흘리며 함께 슬퍼했다.

"주공께서 진퇴양난에 빠졌으니 내가 가 봐야 할 것 같소."

그러자 관우가 나섰다.

"군사께서 이곳을 비우시면 형주는 누가 지킨단 말이오? 결코 가벼이 여길 수 없지 않소."

"주공께서 관평을 보낸 것은 다 이유가 있소이다. 바로 관 장군과 함께 이곳을 지키라는 뜻이오. 부디 형주를 맡아서 지켜 주시오. 도원결의 했던 형제간의 정리를 생각하여 온 힘을 다해 형주를 지켜 주시오."

관우는 굳은 얼굴로 제갈공명의 뜻을 받아들였다. 제갈공명은 두 손을 들어 유비에게 받았던 인수를 관우에게 주려다가 다시 한 번 당부했다.

"형주는 장군의 손에 달려 있소이다. 장군의 책임이 막중하오."

"대장부가 중임을 맡았으니 죽을 각오로 지키겠소."

죽을 각오로 지킨다지만 구체적으로 관우가 어떤 준비를 했는지 제갈공명은 묻지 않을 수 없었다.

"조조가 쳐들어오면 어찌하실 생각이오?"

"있는 힘을 다해 막는 수밖에 없습니다."

"손권과 조조가 함께 쳐들어오면 어찌시겠소?"

"군사를 나누어서 막아야겠지요."

"아닙니다. 그렇게 해선 안 됩니다. 내가 반드시 지켜야 할 원칙을 알려 드릴 테니 잘 기억해 두시오."

"무엇입니까?"

"북쪽의 조조에게는 저항하시고, 동쪽의 손권과는 친하게 지내시오."

"알겠소. 가슴속에 새겨 잊지 않겠소이다."

제갈공명은 마침내 관우에게 인수를 전해 주었다. 그리고 자신은 장비와 함께 떠나기로 했다.

"장 장군은 정예 군사 일만 명을 이끌고 진군해서 파주를 거쳐 낙성의 서쪽으로 가시오. 조자룡 장군은 한 무리의 군사를 이끌고 선봉이 되어 강을 건너 낙성에 이르도록 하시오. 나는 나머지 사람들과 함께 뒤를 따르겠소."

드디어 제갈공명은 일만 오천 명의 군사를 거느리고 장비와 같은 날

출정했다. 떠나기 전에 제갈공명은 성질 급한 장비에게 신신당부를 했다.

"장 장군, 호걸들이 많은 곳이 서천 땅이오. 절대 경거망동하지 말고 민폐를 끼치지 마시오. 백성들의 인심을 얻지 않으면 주공께서 다독여 놓은 민심이 다 무너집니다. 군사들을 잘 이끌어서 하루빨리 낙성에 닿길 바라오."

"군사께서는 걱정 마시오. 내가 알아서 잘 하겠소이다."

장비도 흔쾌히 고개를 끄덕였다.

장비는 물 만난 고기처럼 활기차게 싸우러 갔다. 일만 명의 군사를 이끌고 낙성을 향해 떠나는데 가는 곳마다 항복해 오는 자들이 많았고, 장비는 그들을 모두 다 받아 주었다. 군사들도 군령을 엄격하게 지켜 민폐를 끼치지 않고 진군하니 인심도 함께 얻었다. 한천 길을 따라 진군하여 파군에 도착한 장비가 마침내 난관에 부딪쳤다. 파군 태수가 떡 버티고 있었던 것이다. 정탐꾼이 와서 그에 대해 알려 주었다.

"장군, 파군 태수인 엄안은 촉의 명장입니다. 황충 장군처럼 나이가 많지만 강한 활과 큰 칼을 쓰며 만 명의 적을 대적할 정도로 용맹하다 합니다. 그는 아직 항복하지 않고 버티고 있습니다."

장비가 가 보니 정말 항복할 뜻이 전혀 없어 보였다. 파군의 성곽에는 백기가 내걸리지 않았고 군사들이 대치하고 있었다. 장비가 먼저 사신을 보내어 알렸다.

"늙은 장수는 항복하라! 항복하는 것만이 성안 백성들의 목숨을 살릴 수 있는 유일한 방법이다. 항복하지 않으면 쳐들어가서 늙은이건 젊은이건 모두 목을 베어 죽이겠다."

엄안은 진작에 유장이 법정을 형주로 보내 유비를 서천으로 불러들였다는 소식을 듣고 분통을 터뜨렸었다.

"아, 호랑이 한 마리를 끌어들여 호위를 하게 하다니."

그는 유비의 야망을 꿰뚫고 있었다. 그런 자를 끌어들이면 촉이 어찌 될지 짐작하고 있었다.

하지만 엄안은 자신이 맡고 있는 파군 태수의 임무를 가볍게 여길 수 없어 자리를 지키고 있었다. 그러던 차에 장비의 군사와 맞닥뜨린 것이다. 그때 엄안의 부하 중 한 사람이 계략을 내놓았다.

"장군, 장비는 조조의 백만 대군을 한방에 물리친 무서운 장수입니다. 절대 가볍게 여길 수 없습니다. 차라리 싸우지 말고 도랑을 깊게 판 뒤에 보루를 높이고 성을 지키고만 있으면 양식이 없는 적들은 한 달 내로 물러나게 될 것입니다. 게다가 듣자 하니 장비는 성격이 불 같아서 자주 군사들을 때리고 채찍질을 한다고 합니다. 우리가 싸우지 않으면 스스로 화가 나서 군사들을 괴롭히고 포악하게 다루게 될 것입니다. 군사들의 마음이 변할 때 우리가 치

서천을 차지하기 위해 유비는 최선을 다했어. 먼저 진격했다가 방통을 잃고 결국 제갈공명에게 도움을 요청했지. 제갈공명은 장비와 경쟁하면서 군사를 이끌고 이동했어. 지도에서 보면 관우만 근거지 형주를 지키도록 남겨두고 유비가 모든 힘을 기울여 다양한 경로로 서천 장악을 위해 노력했다는 것을 알 수 있어.

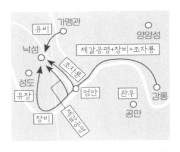

서천으로 향한 공명과 장비, 조자룡

고 나가면 승리를 하고 장비를 사로잡을 수 있습니다."

"그 방법이 최고다."

엄안은 그 계략을 받아들여 성을 굳게 지켰다. 장비가 보낸 사자들은 수시로 성 밑에 와서 외쳤다.

"항복하라. 목숨만은 살려 주겠다."

하지만 엄안은 꿈쩍도 하지 않았다.

"이자들이 날 아예 없는 사람으로 여기는구나."

장비는 화가 머리끝까지 치밀어서 계속 싸움을 걸었다. 입에 담지 못할 오만 욕설을 퍼부으며 싸움을 걸었지만 그래도 엄안은 싸우러 나오지 않았다. 장비는 화가 치밀었지만 영채로 돌아올 수밖에 없었다. 다음 날 장비가 또 성 밑에 가서 욕설을 퍼부었다.

"늙은 엄안아, 나와라! 그러고도 네가 장수란 말이냐? 당당하게 한판 붙자! 어린애만도 못한 놈아!"

그때 화살 하나가 날아와 장비의 투구를 맞혔다.

"에쿠!"

엄안이 쏜 화살이었다. 자칫하면 죽을 뻔한 장비는 화가 머리끝까지 끓어올라 소리쳤다.

"늙은 놈아! 반드시 네놈을 잡아서 이 원수를 갚고야 말겠다."

장비는 엄안을 끌어내기 위해 별 계책을 다 써 보았다. 군사들을 보내 무장 해제를 시켜 놓고 기다려 보기도 했다.

"너희들은 말에서 내려 풀밭에 널브러져 쉬고 있어라. 저놈들이 어떻게 나오나 보자."

장비 군이 허점을 보여 줘도 엄안은 꿈쩍도 하지 않았다. 장비는 욕설만 퍼붓다 돌아왔다.

"아, 꾀가 필요하다. 이 상태로는 안 되겠다."

장비는 곰곰이 생각해 보더니 묘책을 떠올렸다. 그러자 곧바로 군사들에게 명령을 내렸다.

"전군은 이제부터 산속으로 들어가 나무를 베면서 낙성으로 가는 샛길이 있는지 찾아보아라."

"예."

명을 받은 군사들은 나무를 베면서 샛길을 찾느라 더 이상 싸움을 걸지 않았다. 엄안은 날마다 찾아와 싸움을 걸던 장비 군이 조용해지자 수상한 생각이 들었다.

"장비 군이 며칠째 왜 이리 조용하냐?"

"나무를 하러 군사들이 산속에 들어갔다고 합니다."

"우리 군사 십여 명을 장비 군으로 변장시켜 정탐해 보도록 해라."

엄안의 정탐꾼들은 산속에서 나무를 하는 척하다 해가 지자 장비의 군사들과 뒤섞여 영채로 들어갔다. 장비는 군사들이 돌아오자 길길이 뛰며 화를 냈다.

"엄안 이놈이 나를 속 태워 죽이려 하는구나."

그러자 산으로 나무를 베러 갔던 군사들이 나서서 말했다.

"장군, 고정하십시오! 샛길을 발견했습니다. 파군성 따위는 내버려 두고 그 길로 가시지요."

"무엇이? 그걸 알았으면서 왜 이제 얘기하는 것이냐?"

"저희도 오늘 수색을 나가서 찾아냈습니다. 용서하십시오!"

"좋다. 오늘 달빛을 이용해 조용히 샛길로 빠져나간다. 군사들은 모두 입에 나무 막대를 물고 말방울을 떼어 내라. 내가 앞장서서 가겠다. 알겠느냐?"

"예!"

장비의 말소리는 영채 밖에서도 들릴 만큼 우렁찼다. 명령이 떨어지자 군사들은 모두 떠날 채비를 했다.

엄안의 정탐꾼들은 이 사실을 알아낸 뒤 몰래 빠져나가 밤의 어둠을 틈타 성안으로 들어갔다.

"장군, 장비가 샛길로 빠져나간다 하옵니다."

"좋다. 이제야말로 장비의 목을 칠 수 있는 기회다. 그자가 성질이 급해 내 이럴 줄 알았다."

그날 밤 엄안의 군사들은 배불리 먹고 무장을 한 뒤 소리 없이 성을 빠져나가 숲속에 숨어 있었다. 밤이 깊어지자 과연 샛길로 장비와 그의 군사들이 모습을 드러냈다. 커다란 덩치에 호랑이 같은 수염을 기른 장비가 어둠 속에 조용히 말을 몰아 앞장서서 군사들을 이끌고 있었다. 퇴로를 끊기 위해 엄안은 조용히 숨죽이고 있었다. 선발대가 지나간 뒤 드디어 장비 군의 식량을 실은 후발 수송대가 나타났다. 이 둘의 사이를 끊어 버리는 것이 엄안의 작전이었다.

"이때다! 장비의 군사들을 덮쳐라."

복병이 일어나 함성을 지르며 장비의 군사들을 덮쳤다. 그런데 갑자기 엄안의 등 뒤에서 장수 한 사람이 벼락처럼 고함을 지르며 달려오는 것이 아닌가.

"늙은 놈아, 게 섰거라! 내 너를 기다린 지 오래다."

엄안이 돌아보니 저만치 갔어야 할 장비가 바로 코앞에 나타난 것이다.

"이게 어찌된 일이냐?"

엄안은 당황했지만, 칼을 쥐고 장비와 맞서 싸워야 했다. 엄안이 큰 칼을 번쩍 들고 휘두르며 장비의 어깨를 내려치려는 순간 장비는 엄안의 갑옷 끈을 잡아 땅바닥에 내동댕이쳐 버렸다. 장비의 군사들이 달려와 엄안을 꽁꽁 묶어 버렸다.

앞서 지나간 장비는 가짜였던 것이다. 장비가 군사들 가운데 자신과 덩치가 비슷하고 용모가 흡사한 자를 뽑아 어둠 속에서 구별하지 못하게 자신의 갑옷을 입혀 앞장세워 보냈던 것이다.

결국 서천의 군사들은 무기를 버리고 대부분 항복했다. 장비가 파군성으로 들어가니 이미 성안에 들어와 있던 후군이 그를 맞이했다. 손쉽게 파군성을 손에 넣은 장비는 사로잡은 엄안을 끌고 오게 했다. 엄안은 거세게 저항하며 끌려왔다.

"무릎을 꿇어라!"

엄안은 무릎을 꿇지 않고 버텼다. 여러 명이 달려들어 내리눌러도 꿈쩍 않는 괴력을 보여 주었다. 장비가 눈을 부릅뜨며 말했다.

"장군이라는 자가 싸움에 졌는데도 어찌하여 항복하지 않느냐?"

그러자 엄안은 두려워하는 빛 없이 당당하게 말했다.

"의리 없는 네놈들이 우리 땅을 침범하지 않았더냐? 우리 땅에는 목이 베일 장수는 있을지라도 항복할 장수는 없다! 왜 화를 내는 것이냐?

내가 무슨 잘못을 했단 말이냐?"

장비는 엄안이 우렁찬 음성에 안색 하나 변하지 않는 것을 보자 감동받았다. 저런 훌륭한 장수를 죽일 수 없다는 생각이 들자 화를 풀고 섬돌로 내려가 주변에 야단을 쳤다.

"비켜라!"

장비는 자기 손으로 엄안의 결박을 풀어 주었다.

"옷을 가져와라."

깨끗한 옷을 입게 하고 엄안을 부축하여 대청 위로 오르게 했다. 그리고 엄안 앞에 머리를 숙여 예를 표했다.

"장군, 용서하시오. 이제까지 제가 내뱉은 험한 말들을 다 잊어 주시기 바라오. 오래전부터 장군이 호걸이라는 이야기를 전해 들어 알고 있었소이다."

장비의 정중한 태도에 엄안도 감동했다. 무인들끼리 통하는 의리와 절개를 느꼈기 때문이다.

"아니오. 내가 항복하겠소. 장 장군이라면 내가 항복할 만한 장수요."

후세 사람들은 이를 크게 칭송했다. 머리가 하얗게 센 늙은 장수가 목이 잘려 죽을지언정 무릎을 꿇지 않았다는 사실이 감동적이었던 것이다. 장비 역시 많은 칭송을 받았다. 무력만 뛰어난 줄 알았지만 지략도 있는 장수였던 것이다.

장비는 엄안과 화해를 한 뒤 물어보았다.

"성도로 들어가려면 어찌하여야 하겠소? 지혜를 빌려주시오."

"패장으로서 은혜를 입었소이다. 보답하지 않을 수 없소. 충성을 다할 테니 화살 한 대 쏘지 않고 성도를 얻을 수 있는 방법을 알려 드리겠소."

"그 계책이 무엇입니까?"

"낙성까지 관문을 지키는 군사들은 모두 다 이 늙은이 밑에 있소. 내가 장군의 은혜에 보답하기 위해 앞장서서 그들을 항복시키겠소."

장비는 엄안의 손을 잡고 감사의 인사를 전했다. 엄안이 선봉에 서고 장비는 군사들을 이끌고 뒤를 따랐다. 과연 엄안이 나서서 저항하는 부하 장수들을 설득하자 그들도 모두 항복했다.

"나도 항복했으니 너희들도 항복해라."

모두 먼 곳에서 엄안의 얼굴만 봐도 항복하니 장비는 싸움 한 번 하지 않고 일사천리로 전진할 수 있었다. 유비에게도 이 소식이 알려졌다. 유비는 기쁜 얼굴로 사람들에게 말했다.

"공명과 장비가 나를 구하러 오고 있소. 낙성에 모여서 함께 성도를 공격하기로 했으니 우리도 군사를 거느리고 진격합시다."

그러자 황충이 말했다.

"장임이 매일 와서 싸움을 걸었지만 우리가 상대해 주지 않았기 때문에 아마 지금쯤 장임은 방심하고 있을 것입니다. 오늘 밤에 기습을 하시지요."

"거 좋은 생각이오."

유비가 중군을 거느리고 황충이 좌군, 위연이 우군을 맡아 세 갈래로 나뉜 군사가 그날 밤 일제히 장임을 공격했다. 방심하고 있던 장임의 군사들은 방비가 소홀하여 닥치는 대로 짓밟을 수 있었다. 촉군은 놀라서 낙성을 향해 도망쳤다. 간신히 낙성 밑까지 간 촉군은 성안으로 도망쳐

들어갔다. 유비는 일단 군사들을 물려 영채를 세웠다.

다음 날부터 유비는 직접 낙성을 공격하기 위해 군사들을 움직였지만 성안에서는 일체 응대하지 않았다. 하루 종일 공격을 해도 결판이 나지 않았다. 해가 서산에 기울 무렵 유비는 군사들을 물렸다.

"돌아가자."

유비가 군사를 돌리자 갑자기 성문이 열리더니 기회는 이때라는 듯 군사들이 쏟아져 나왔다. 장임이 앞장서서 유비를 공격하는 것이었다. 하루 종일 공격하느라 지쳐 있던 유비의 군사들은 뜻하지 않게 기습을 받자 혼란에 빠졌다. 황충과 위연도 오란과 뇌동이 습격하는 바람에 자기 앞가림도 하기 힘든 상황이었다. 유비는 허둥지둥 도망을 치는데 필사적으로 앞만 보고 달렸다. 앞에서 또다시 군사들이 나타나자 유비는 절망하고 말았다.

"아, 뒤에서는 추격병이 쫓아오고 앞에서는 복병이 나타나다니! 하늘이 나를 버리는구나!"

죽을 각오를 하고 앞을 보니 낯익은 장수가 달려오고 있었다.

"형님! 내가 왔수!"

바로 장비였다. 장비는 엄안과 함께 오다가 먼지가 나는 것을 보자 전투가 벌어졌음을 알고 황급히 먼저 달려온 것이다.

"형님, 걱정 마시오."

장비가 장임을 대적하여 십여 합을 싸우는데, 곧이어 엄안도 군사들을 이끌고 달려왔다. 그러자 장임은 말머리를 돌려 도망쳤다. 장비가 낙성 아래까지 추격해 갔지만 장임은 성으로 들어가 다리를 걸어 올려 버렸다. 장비가 유비에게 다가가 말했다.

"형님, 이번에는 내가 이겼수. 제갈 군사가 강을 거슬러 오기로 했는데 아직 오지 않았구려. 내가 선공을 차지한 셈입니다."

"산길이 험하고 막히는 데가 많은데, 어떻게 배를 타고 오는 제갈 군사보다 먼저 왔단 말이냐?"

"허허, 형님! 내가 큰 공을 세우지 않았소이까? 노장군인 엄안 장군이 도와주어서 싸움 한 번 하지 않고 속전속결로 왔소이다."

"관문이 모두 몇 개나 되느냐?"

"무려 마흔다섯 개를 피 한 방울 흘리지 않고 통과했소이다."

장비가 엄안을 불러와 유비에게 소개해 주었다. 유비는 엄안을 만나자 예를 갖추며 감사했다.

"노장군 덕분에 나도 살았고, 아우가 이렇게 일찍 올 수 있었소이다. 이 은혜를 어찌 갚아야 할지 모르겠소."

유비는 입고 있던 황금 갑옷을 벗어서 엄안에게 입혀 주었다. 엄안은 처음 보는 유비가 이렇게 자신을 환대하자 감격하여 절을 올리며 사례했다. 간단한 술자리를 벌이려는데 군사가 달려와 급보를 알렸다.

"황충과 위연 장군이 협공을 받아 동쪽으로 도망갔습니다."

그 말에 장비가 벌떡 일어났다.

"구하러 가야 합니다. 군사를 두 길로 나누어서 적들을 치고 그들을 구해 내시지요."

술자리를 즐길 겨를도 없이 장비는 왼쪽으로, 유비는 오른쪽으로 적진을 향해 나아갔다. 성에서 나와 협공을 하던 오의와 유괴는 구원병들이 오자 놀라서 성안으로 들어가 버렸다. 하지만 황충과 위연을 멀리까지 쫓아간 오란과 뇌동은 퇴로가 끊겼다. 게다가 도망치던 황충과 위연이 말머리를 돌려 공격해 오니 오란과 뇌동의 군사들은 대열이 흩어지며 도망쳐 버렸다. 오란과 뇌동은 어쩔 수 없이 항복하고 말았다. 유비는 그들의 항복을 받아들이고 낙성 가까운 곳에 영채를 세웠다.

장임은 오란과 뇌동이라는 두 장수를 잃고 성에 갇힌 셈이 되었다. 오의와 유괴가 말했다.

"이제 우리 모두 죽기를 각오하고 한판 싸움을 벌입시다. 성도에 사람을 보내서 사정을 알리고 원군을 청하시지요."

장임이 말했다.

"내가 군사를 거느리고 나가 싸우다 거짓으로 패한 척하고 도망치며 유인할 테니 그때 성안에서 군사들이 치고 나와 적의 허리를 끊으시오. 그러면 승리할 수 있을 것이오."

그리하여 다음 날 장임은 수천 명의 군사들을 이끌고 성에서 나와 싸움을 걸었다. 장비와 합을 겨루는데 십여 합 만에 장임은 거짓으로 도망치면서 장비를 유인했다. 장비가 전력을 다해 쫓아가는데 갑자기 오의가 한 무리의 군사를 거느리고 나와 대열의 허리를 끊는 것이 아닌가! 장비는 앞뒤로 적을 맞아 진퇴양난에 빠져 당황했다. 장비가 장팔사모를 휘두르며 헤쳐 나갈 길을 찾고 있을 때 오의가 나타났다.

"장비, 기다려라!"

"웬 조무래기냐?"

두 사람이 일 합을 겨루자마자 오의가 도망을 쳤다.

"네 이놈!"

그때 어디선가 나타난 장수가 오의를 붙잡아 내동댕이쳤다. 그는 바로 조자룡이었다. 그렇다면 조자룡과 함께 제갈공명이 도착했다는 뜻이다. 장비가 물었다.

"제갈 군사는 어디 계시오?"

"지금쯤 도착해서 주공을 뵙고 계실 것입니다."

조자룡과 장비는 오의를 끌고 영채로 돌아갔다. 장비가 제갈공명에게 예를 갖추었다. 제갈공명은 장비를 보자 깜짝 놀랐다.

"어떻게 장 장군이 나보다 먼저 올 수 있었소?"

장비가 이렇게 빨리 올 줄은 제갈공명도 예상치 못했던 것이다. 자초지종을 이야기해 주자 제갈공명이 크게 웃었다.

"하하하, 장 장군도 계책을 쓰게 되었소이다. 이것은 모두 우리 주공께 큰 복이지요."

조자룡이 오의를 끌고 왔다.

"이자를 어떻게 하면 좋겠습니까?"

유비는 대답 대신 오의에게 물었다.

"항복하겠느냐?"

"이미 사로잡혔으니 항복하겠습니다."

유비가 기뻐하며 손수 오의의 결박을 풀어 주자 제갈공명이 물었다.

"지금 성은 몇 명이 지키고 있소?"

"장수로는 유괴와 장임이 있습니다. 유괴는 대수롭지 않은 인물이지만 장임은 담대한 자입니다. 결코 얕볼 상대가 아닙니다."

그러자 제갈공명이 중얼거렸다.

"먼저 장임을 사로잡은 다음 낙성을 취해야 해."

제갈공명은 낙성 동쪽에 있는 금안교 쪽으로 가서 주변을 살펴본 뒤 영채로 돌아왔다. 그러고는 황충과 장비에게 자신이 세운 작전을 일러 주었다.

"좋은 곳을 발견했소이다. 금안교 남쪽은 갈대밭이오. 위장한 군사들을 숨겨 놓으면 충분히 적을 무찌를 수 있소. 황 장군은 도부수 천 명을 이끌고 오른쪽 기슭으로 가서 매복해 있다가 군마의 다리만 찍으시오. 그러면 장임이 산 쪽으로 난 동쪽 길로 달아날 테니 장 장군이 군사 일천 명을 이끌고 그곳에 매복해 있다가 장임을 사로잡아 오시오."

조자룡이 물었다.

"저는 무엇을 할까요?"

"그대는 금안교 북쪽에 매복하고 있다가 내가 장임을 유인해서 다리를 지나거든 곧바로 다리를 끊고 군사를 벌여 놓아 세를 과시하시오. 그러면 장임이 북쪽으로는 감히 못 가고 남쪽으로 갈 테니 우리의 계략에 걸려드는 것이오."

제갈공명은 작전을 일러 준 뒤 적군을 유인하러 나갔다.

그사이 장임은 성도에서 지원군이 도착하자 드디어 군사를 움직였다. 공명은 백여 명의 군사들을 이끌고 금안교를 건너 장임 군과 마주하여 진을 쳤다. 공명이 윤건을 머리에 쓰고 깃털 부채를 든 채 사륜거에 앉아 있었다. 장임은 백여 명의 호위 군사만 있는 것을 확인하자 어이가 없었다. 그때 제갈공명이 소리쳤다.

"네 이놈! 백만 대군을 거느린 조조도 내 이름만 듣고 도망을 쳤다. 그런데 너는 무엇을 믿고 항복하지 않는 게냐?"

장임은 말로만 듣던 제갈공명이 초라하기 짝이 없는 행색을 보이자 한껏 비웃었다.

"하하하! 용병술이 뛰어난 자라 들었는데, 이제 보니 한심하기만 하구나! 얘들아, 저자를 공격하라!"

장임이 말 위에서 공격 신호를 내리자 촉군은 일제히 적을 향해 돌진했다. 제갈공명은 싸울 생각도 하지 않고 재빨리 도망쳤다. 수레까지 버리고 말에 올라타 달아나 버렸다. 얼마나 황급하게 도망치는지 알 수 있었다.

"제갈공명을 잡을 수 있다. 어서 서둘러라."

장임은 제갈공명을 사로잡을 마음에 금안교를 건너 급하게 달려갔다. 다리를 건너고 보니 유비의 군사들이 왼쪽에서 내려오고, 오른쪽에서는 엄안의 군사들이 나타나는 것이 아닌가.

"아차, 계교에 빠졌구나."

돌아서서 가려 하니 이미 다리는 끊어져 있었다. 할 수 없이 북쪽으로 달아나려 하는데 조자룡의 군사들이 기다리고 있었다.

"안 되겠다. 남쪽으로 가자!"

장임은 할 수 없이 남쪽 갈대숲을 향해 달려갔다. 그때 갑자기 위연의 군사들이 나타나 장창으로 장임의 군사들을 마구 찔렀다. 그리고 황충의 군사들도 갈대숲에 숨어 모습을 드러내지 않은 채 긴 칼로 말들의 다리를 찍어 대니 기병은 말에서 떨어져 거의 다 사로잡혔다.

장임은 간신히 살아남은 기병 수십 기를 이끌고 산길로 도망치다가 장비와 마주쳤다. 급히 말을 돌려 달아나려 했지만 이미 때가 늦어 장비에게 사로잡히고 말았다.

장비가 장임을 유비 앞으로 끌고 갔을 때 그 옆에 제갈공명도 앉아 있었다. 유비가 장임에게 물었다.

"촉의 장수들은 모두 싸우지도 않고 항복하는데 너는 어찌하여 항복하지 않느냐?"

장임이 눈에서 피눈물을 흘리며 외쳤다.

"충신은 두 주인을 섬기지 않는다!"

"이런 어리석은 자를 봤나! 항복하면 살려 주겠다."

"당장 죽여라! 지금 살려 놓아도 나는 또다시 너를 죽이기 위해 대적할 것이니 어서 죽여 다오."

오랜만에 보는 충신이었다. 유비가 머뭇거리자 제갈공명이 말했다.

"그대의 이름을 길이 남겨 주기 위해 참할 수밖에 없다. 애들아, 저자를 참하여라!"

결국 장임은 도부수들에게 끌려 나가 처형당했다. 제갈공명의 말대로 그의 이름은 오랫동안 남았다. 죽어도 그의 충의와 용맹은 살아 있다고 후세 사람들이 칭송한 것이다. 유비는 장임의 절개에 감탄하여 그의 시신을 수습하여 후하게 장례를 치러 주었다.

유비는 항복한 장수들을 선봉에 세워 낙성으로 진군했다. 엄안이 가장 먼저 앞에 나서서 큰 소리로 외쳤다.

"성문을 열어라! 백성들에게 피해를 주지 말고 항복하라!"

그러자 유괴가 성 위에서 욕설을 퍼부었다.

"배신자 같으니! 어디서 늙은 얼굴을 들이밀고 있느냐?"

"네놈이 나의 말을 거역하는 게냐?"

엄안이 화가 나서 활을 쏘려 할 때였다. 갑자기 한 장수가 성 위에 나타나더니 단칼에 유괴를 찔러 죽이고 문을 열어 주었다. 그는 장익이라는 장수였다. 그렇게 해서 유비는 낙성도 손쉽게 점령했다.

제갈공명이 유비에게 말했다.

"성도의 코앞에 있는 낙성을 차지했습니다. 지금 주군이 지나온 고을은 모두 민심을 얻은 곳이었지만 그 밖의 고을들은 민심이 가라앉지 않고 있으니 먼저 조자룡과 장비를 장익과 오의, 엄안 같은 서쪽 출신의 장수들과 함께 보내어 민심을 어루만져 달래게 하십시오. 저항하는 자들은 정리하고, 순응하는 자들에겐 상을 내리도록 하셔야 합니다. 관리들을 달래 주고 치안을 안정시킨 다음에야 성도를 공격할 수 있을 것입니다."

한마디로 한숨 돌리면서 내실을 기하자는 것이었다.

"그 말이 옳소."

유비는 조자룡과 장비를 보내어 그 일대 지역을 평정하도록 했다.

제갈공명이 촉에서 항복한 장수에게 물었다.

"이제 관문 가운데 어디를 주의해야 하오?"

"면죽이라는 곳입니다. 이곳만 얻으시면 성도는 손에 넣은 것이나 마찬가지입니다."

그때 법정이 들어왔다.

"제갈 군사! 낙성이 깨졌기 때문에 촉은 이제 위태로워졌습니다. 인의로 복종을 시키셔야 하니까 진군을 늦추시고 민심을 수습하신 건 잘

하셨습니다. 그 사이에 제가 유장에게 편지를 써 보내어 유장이 스스로 항복할 수 있도록 해보겠습니다."

"그대의 말이 최선이오."

제갈공명도 탄복했다. 쓸 수 있는 방법은 다 써 보는 것이 좋았다. 법정은 편지를 써서 성도에 보냈다.

그때 유장은 낙성이 함락되었다는 소식을 들었다. 유장이 관원들을 모아 놓고 대책을 상의하는데 종사로 있는 정도가 나서서 말했다.

"유비가 땅을 빼앗았다고는 하지만 군사도 적고 백성들이 따르는 것도 아닙니다. 게다가 갖고 있는 식량도 없을 겁니다. 그러니 백성들을 모두 서쪽으로 옮기고 창고와 들판에 있는 곡식을 불사르세요. 그리고 해자를 깊이 파고 보루를 높여 놓고 유비 군이 와서 싸움을 걸어도 응하지 않으면 저들은 오래 버티지 못할 것입니다. 굶주림을 못 이겨 백 일도 안 되어 물러갈 터이니 그때 공격하면 유비를 사로잡을 수 있습니다."

정곡을 찌르는 놀라운 전략이지만 유장은 받아들이지 않았다.

"그 방법은 옳지 않다. 적을 막아서 백성을 평안하게 해준다는 말은 들었지만 백성을 이용해서 적을 막는다는 말은 듣지 못했다. 이는 분명 나라를 지키는 계책이 아니다."

유장은 이렇게 유약했다. 물론 그의 생각은 어진 지도자의 것이긴 하다. 그러나 진정한 지도자라면 애초부터 어리석게 유비를 끌어들이지 않았을 것이다. 자신의 실수로 유비를 끌어들여 이미 전쟁이 벌어졌다. 그렇다면 수단과 방법을 가리지 않고 이겨야 함에도 이런 식으로 법도와 도의를 따지고 있었던 것이다. 그때 마침 법정의 편지가 도착했다.

지난날 저를 보내 주셔서 형주와 우호가 돈독해졌습니다.

　　그런데도 주공께서 좌우의 간신들에게 홀리셔서 오늘날 일이 어그러지고 말았습니다. 그래도 형주는 아직 옛정을 가지고 형제의 의리를 잊지 못하고 있습니다. 이제라도 생각을 돌리셔서 귀순하시면 절대 박정하게 대하지 않을 것이 분명합니다.

　　생각을 잘하셔서 결단을 내리십시오.

　　유장은 버럭 화를 내며 편지를 찢어 버렸다.

　　"법정은 주인을 팔아서 자기 혼자 잘 먹고 잘살겠다는 것이 아니냐? 배은망덕한 역적 놈이다."

　　유장은 이 편지를 보고 수비를 단단히 하기로 결심했다.

　　이때 익주 태수인 동화가 유장에게 글을 올려 한중으로 가서 원군을 청하라고 했다. 유장은 동화를 불러들여 의논했다.

　　"한중의 장로는 우리와 원수지간인데 도와주겠는가?"

　　"맞습니다. 장로는 우리와 원수지간이지만 입술이 사라지면 이가 시린 법입니다. 지금 정세는 위급합니다. 촉이 망하면 한중도 위험하다는 것을 알리고 이해득실을 따져 말하면 우리를 도와줄 것입니다."

　　달리 방법을 찾을 수 없는 상황에서 선택해 볼 만한 지략이었다.

　　"그대로 따르겠다."

　　유장은 서신을 써서 황권을 사신으로 임명해 한중으로 보냈다.

4
유비, 마초를 취하다

유장의 명을 받은 촉의 사신 황권은 장로에게 가면서 그간 알고 지내던 장로의 책사 양송을 먼저 찾아갔다.

"양공, 동천과 서천은 입술과 이의 관계 아니겠소? 서천이 만약에 멸망하면 동천 역시 견디기 힘드오. 원군을 보내 준다면 우리가 서천 땅을 내주겠소. 스무 고을을 주면 어떻겠소이까?"

황권이 뇌물을 건네며 이런 말을 하자 양송은 크게 기뻐하며 황권을 장로에게 안내했다. 황권의 말을 전하며 곁에서 거들기까지 했다. 욕심 많은 장로는 그 말을 듣자 갑자기 탐욕이 샘솟았다. 군사를 보내 도와주면 땅이 생기기 때문이다. 그때 책사인 염포가 옆에서 의견을 냈다.

"주공, 유장은 주공과 원수지간 아니었습니까? 지금 형세가 급해지니 되는 대로 거짓말을 하고 있습니다. 땅을 떼어 준다는 것은 주공을 유혹하는 언사이니 따르면 안 됩니다."

그때 섬돌 밑에서 용맹한 장수가 나서며 우렁찬 목소리로 외쳤다.

"제가 재주는 없지만 군사를 내주신다면 유비를 잡아 오고 땅도 받아 오겠습니다."

모두 고개를 돌려 장수를 바라보았다. 그는 다름 아닌 마초였다.

"주공의 은혜를 받아서 늘 감사하고 있었는데 갚을 길이 없었습니다. 군사만 내주시면 제가 가서 가맹관을 취하고 유비를 사로잡아 끌고 오는 동시에 스무 개의 고을을 받아 오겠습니다."

듣기만 해도 가슴이 벅찬 이야기였다.

"으하하하! 참으로 통쾌한 이야기로다. 그대에게 군사 이만 명을 내주겠다. 가서 그대가 말한 대로 이루도록 하라!"

장로는 양송의 동생인 양백에게 군사를 감독하게 하고 마초와 마대 형제와 함께 날을 잡아 떠나라고 명령을 내렸다.

그런데 마초가 어떻게 이 장면에 등장하게 되었을까? 마초는 그동안 여기저기를 떠돌다 장로 밑으로 들어오게 되었다. 조조에게 패한 마초는 강족의 땅으로 종적을 감추고 두어 해 동안 힘을 길렀다. 어느 정도 세력을 확보하자 주변 고을들을 하나씩 무찌르니 그의 위용에 항복하지 않는 자가 없었다. 그러나 이내 조조 군의 맹장인 하후연이 마초 앞에 나타났다. 조조의 명령으로 마초를 공격하러 온 것이었다. 용맹한 마

마초

마원의 후손이면서 마등의 장
남으로 아버지의 세력을 그대
로 물려받았어.《삼국지연의》에
서는 문무에다 화려한 배경까
지 다 가진 멋진 영웅으로 그려
지고 있지.
제대로 인정받고 활약하는 건
유비에게 투항한 뒤부터야. 용
맹무쌍하고 잘생긴 귀공자로
그려진 건 소설적 상상력이야.
관우, 장비, 조자룡, 황충과 함께
오호대장군에 봉해져.
정사에서는 자신의 배경과 재
능으로 집안을 망치게 했다는
평가를 받아.

초도 사방팔방에서 군사들이 몰아치며 달려오자 당할 수가 없었다. 그 뿐만 아니라 가족까지 모두 잃었다. 마초는 싸움을 포기하고 마대, 방덕과 함께 혈로를 뚫고 도망쳤다. 마초는 방덕, 마대와 상의한 끝에 한중의 장로에게 몸을 의탁하게 되었다. 장로는 기뻐하며 마초를 사위로 삼을 생각까지 했지만 양백이 말리는 바람에 뜻을 접었다. 마초는 이 소식을 전해 듣고 양백의 목숨을 노리고 있었다.

한편 유비는 이때 낙성에 주둔하고 있었는데 법정의 편지를 들고 성도에 갔던 자들이 돌아와서 보고했다.

"정도라는 자가 방비를 튼튼히 하고 있습니다. 백성들을 서쪽으로 옮기고 들판과 창고에 있는 곡식을 모조리 불태운 다음, 해자를 파고 보루를 높게 쌓아 놓고 싸우지 말고 지키라고 유장에게 권했다 하옵니다."

그 말에 유비와 제갈공명은 크게 놀랐다.

"그렇게 되면 우리는 정말 위태롭다."

옆에 있던 법정이 웃으며 말했다.

"걱정 마십시오. 유장은 그 계책을 쓰지 못할 것입니다."

"아니, 우리가 들어도 당연히 써야 할 계책이 아니오? 그런데 그 계책을 따르지 않는다면 바보가 아니겠소?"

그러나 그날이 지나기도 전에 바로 소식이 전해졌다.

"주공, 유장은 백성들을 옮기지도 않았고 정도의 계책도 쓰지 않았다고 합니다."

"그렇다면 다행이다."

유비는 그제야 마음을 놓았다. 옆에 있던 제갈공명이 자신의 계획을 말했다.

"아무래도 군사를 빨리 움직여 면죽관을 장악해야겠습니다. 이곳만 취한다면 성도는 우리 것이나 마찬가지입니다."

"그렇게 합시다. 황충과 위연이 군사를 이끌고 진군토록 하는 게 좋겠소."

마침내 유비 군의 진격이 이루어졌다. 면죽관을 지키던 유장의 손아래 처남인 비관은 삼천 명의 군사를 부장 이엄에게 내주고 싸우라 명했다. 이엄과 황충이 맞붙었는데 사오십 합을 싸워도 승부가 나지 않았다. 이를 지켜보던 제갈공명이 징을 쳐서 황충을 돌아오게 했다.

황충이 공명에게 물었다.

"이제 곧 이엄을 잡을 수 있었는데 왜 돌아오라 하셨소?"

"이엄의 무예가 만만치 않았소. 힘만으로는 이길 수 없을 것 같으니 꾀를 써서 잡도록 합시다."

제갈공명은 낮은 목소리로 황충에게 계략을 알려 주었다. 황충은 제갈공명의 계책을 받아들인 뒤 물러났다. 다음 날 황충은 다시 이엄과 싸움을 청하여 십여 합을 싸운 뒤 거짓으로 패한 척하며 도망쳤다. 이엄은 드디어 기세를 잡았다고 생각했다.

"늙은 놈의 머리를 가져오겠다!"

이엄은 황충을 추격하여 깊은 산길로 들어가다 문득 자신이 꾀에 빠졌음을 깨달았다.

"아차, 뭔가 이상하다! 돌아가야겠다!"

이엄이 말머리를 돌리려는데 위연의 군사들이 앞을 가로막았다. 그러자 제갈공명이 산 위에 나타나 큰 소리로 외쳤다.

"당장 항복하라! 거절하면 매복해 있는 궁노수들이 너를 고슴도치로 만들어 방통의 원수를 갚을 것이다."

이엄은 허둥지둥 말에서 내려 갑옷과 투구를 벗었다. 항복한다는 뜻이었다. 방통의 원수를 갚는다는 말에 이엄은 유비 앞으로 끌려가면서도 두려워했다. 그러나 유비는 그를 너그럽게 대해 주었다. 이미 죽은 방통보다는 새로 얻은 장수 하나가 귀했던 것이다. 이엄은 감동하여 바로 유비의 수하가 되어 자신의 생각을 말했다.

"비관이라는 자는 유장의 처남이지만 제가 설득해 보겠습니다. 저와 친한 사이입니다."

"그렇게 하시오. 기회를 주겠소."

이엄은 면죽성으로 돌아가 비관에게 권유했다.

"유 황숙을 만나 보았는데 너그럽고 어진 자일세. 지금 항복하지 않으면 우리는 큰 화를 면치 못할 거야."

그 말을 듣자 비관도 혼자 싸울 수는 없다 여겼는지 성문을 열어젖혔다. 그리하여 유비는 손쉽게 면죽에 입성하게 되었다. 그때 파발마가 황급히 들이닥쳐 급보를 알렸다. 바로 마초가 쳐들어왔다는 소식이었다.

"맹달과 곽준이 가맹관을 지키다가 적의 공격을 받고 있습니다."

"적장이 누구냐?"

"마초와 양백, 마대의 군사들이라 하옵니다. 빨리 서두르지 않으면 구원병이 늦어집니다."

난데없는 소식에 유비는 깜짝 놀라 제갈공명에게 계책을 물었다.

"마초가 왔다고 하오. 어찌하면 좋겠소?"

"마초라면 우리가 거느리고 있는 장수로는 이길 수 없습니다. 장비와 조자룡 두 장군 정도는 되어야 할 것입니다."

"마초가 그토록 강하단 말이오?"

"그렇습니다."

"그렇다면 자룡은 지금 순시하러 나가 있고, 장비가 있으니 그를 보내면 어떻겠소?"

"하하, 하지만 장 장군은 성미가 급하니 제가 꾀를 써서 잘 움직여 보도록 하겠습니다."

하지만 장비는 누구보다 빠르게 전투의 냄새를 맡았다. 가맹관을 공격한다는 소식을 듣자 황급히 달려와 큰 소리로 외쳤다.

"제갈 군사! 내가 싸우겠소! 형님, 나를 보내 주시오! 마초 그놈과 겨루어 보고 싶소!"

제갈공명은 유비와 이야기를 나눌 때와는 달리 냉정한 얼굴로 장비에게 말했다.

"아니 되오."

"왜 안 된단 말이오? 내가 나가서 마초 그놈의 목을 베어 오겠소."

장비가 큰소리쳤지만 제갈공명은 유비를 바라보며 말했다.

"마초는 대적할 사람이 없습니다. 형주에 있는 관운장을 불러와야 할 것입니다."

장비가 버럭 화를 냈다.

"이보시오, 군사! 나는 조조의 백만 대군도 물리친 사람이오. 마초 같은 애송이를 못 잡아 올 것 같소?"

"그렇지 않소이다. 그때 만일 조조가 우리의 실상을 알았다면 장 장군은 이기기 어려웠을 것이오. 마초는 조조의 대군을 맞아 여러 번 싸웠는데 그때 많은 조조 군사들이 목숨을 잃었고 조조도 수염을 자르고 전포마저 벗어 버리고 힘겹게 도망쳐서 간신히 살았소. 절대 가볍게 여길 상대가 아니오. 관운장이 와도 이길 수 있을지 없을지 두려운 마음이오."

제갈공명의 이야기에 장비는 눈이 돌아갈 지경이었다. 무예에 있어서는 누구에게도 지고 싶지 않은 장비가 아니었던가.

"무슨 말씀이오? 내가 가서 잡아 오겠소. 나를 말릴 수는 없소. 군령장이라도 쓰고 가겠단 말이오!"

그러자 제갈공명은 짐짓 못 이기는 체 유비에게 청했다.

"주공, 장 장군의 뜻이 저러하니 선봉으로 쓰시되 주공께서 함께 가시지요. 조자룡 장군이 돌아오면 저는 뒤따라가겠습니다."

"좋소. 위연도 함께 데려가겠소."

유비는 혹시나 장비가 위태로워질까 봐 위연도 데려가도록 했다.

"그러면 위 장군이 오백 명의 군사를 이끌고 먼저 가서 동태를 살피고 오시오."

위연이 군사들을 이끌고 선발대로 떠난 뒤 장비가 그 뒤를 따르고 유비가 후군으로 나섰다.

위연의 군사들이 가맹관에 도착해 정면으로 싸웠는데 십여 합 만에 양백은 도망쳤다. 양백은 위연의 상대가 되지 않았다. 위연은 장비보다 먼저 공을 세우고 싶어 양백의 뒤를 쫓았다.

"네 이놈! 게 섰거라."

승세를 타고 양백을 뒤쫓던 위연이 앞에서 진을 치고 있던 장수와 마주쳤다. 그는 마초의 사촌 동생 마대였다.

"마초가 저기 있구나. 내 저자의 목을 쳐서 공을 세우리라."

위연이 욕심을 내며 달려갔다. 마대를 마초로 오인한 것이다. 그런데 마대 역시 십여 합을 싸우다가 도망을 쳤다. 위연이 여전히 그가 마초인 줄 알고 정신없이 쫓아가는데 마대가 갑자기 뒤돌아서더니 화살을 쏘았다. 화살은 정확히 날아와 위연의 팔에 꽂혔다. 위연이 놀라 당황하여 도망치는데 이번에는 마대가 그의 뒤를 쫓아왔다. 전세가 역전된 것이다. 위연이 쫓겨 가맹관 앞까지 오자 갑자기 벼락같은 소리를 지르며 장수 하나가 달려왔다.

"네 이놈! 기다렸다."

그는 바로 위연을 뒤따라온 장비였다. 장비는 마대를 보더니 호통을 쳤다.

"너는 누구냐? 이름부터 밝혀라!"

"나는 서량에서 온 마대라고 한다."

"하하하하! 마초인 줄 알았더니 아니었구나."

달려오던 장비가 말을 멈추며 소리쳤다.

"어린애는 그만 돌아가고 마초를 오라고 해라. 여기 장비가 왔다고 전하고."

자신을 모욕하는 말을 들은 마대는 젊은 혈기에 버럭 화를 냈다.

"네 이놈! 나의 칼 맛을 보여 주마!"

마대는 창과 칼을 휘두르며 장비에게 덤벼들었다. 하지만 십여 합을 싸워 보니 장비가 현란하게 휘두르는 장팔사모에 도저히 이길 수 없다는 생각이 들어 도망쳤다. 장비가 마대를 뒤쫓으려 할 때 뒤따라온 유비가 말렸다.

"아우는 멈추어라! 이미 마대를 이겼으니 오늘은 쉬고 내일 다시 싸우도록 하자."

그리하여 양쪽 군사는 대치한 채로 그날 밤을 보냈다. 다음 날 아침 북소리가 울리며 마초의 군사들이 들이닥쳤다. 유비가 성 위에서 내려다보니 진짜 마초가 옆구리에 창을 끼고 말을 타고 나오는데, 투구는 사자의 머리 같고 은빛 갑옷에 백색 전포를 입은 것이 멀리서도 귀공자 같고 비범하고 용맹한 장수임을 알아볼 수 있었다. 유비는 마초의 모습을 보고 감탄해 마지않았다.

"아, 왜 사람들이 서량에 마초가 있다고 했는지 이제야 알겠다! 과연 명불허전이로다."

이 말에 장비는 자존심이 상했다.

"형님, 당장 가서 저자를 치겠소!"

"아니다. 저들은 잔뜩 벼르고 왔다. 지금 나서서 좋을 것이 없다."

마초가 관문 밑에서 장비의 자존심을 건드렸다.

"무지렁이 장비야! 네가 애타게 찾던 마초가 여기 있다. 어서 나와라. 나를 보니 겁이 나는 것이냐?"

"형님, 내 당장 저자를……."

"흥분을 가라앉히고 기다려라."

장비는 흥분을 누르고 씩씩거리며 숨을 가쁘게 쉬었다. 그러기를 몇 차례 반복했다. 하루 종일 싸움을 걸어 와도 상대하지 않으며 해가 떨어지기 직전까지 기다렸다. 그쯤 되자 마초의 진영은 긴장이 풀렸다. 장비라는 무서운 장수와 한 판 겨루려고 바짝 힘을 주었는데 한나절이 지나도 나오지 않았기 때문이다.

"이때다. 아우야, 너는 오백 기를 끌고 가서 저자들을 물리쳐라."

성문이 열리자 장비가 나는 듯 달려갔다. 마초는 화살이 닿지 않을 만큼 군사들을 물린 뒤 혼자 나왔다. 장비가 먼저 화를 참지 못하고 외쳤다.

"네 이놈, 장비라고 들어 보았더냐?"

마초는 크게 웃었다.

"하하하! 우리 집안은 자고로 공경대부†의 가문이다. 너 따위 촌놈을 알 리가 없지 않느냐?"

그 말에 장비는 격분하여 말고삐를 당기며 치고 나갔다. 두 장수는 맞붙어서 창을 휘둘렀다. 말의 콧김이 거칠게 뿜어져 나왔고 창날이 허공에 번득였다. 그 현란함이 가히 사람의 경지가 아니었다. 백 합을 넘게 싸워도 승부가 나지 않았다. 지켜보던 유비는 감탄을 금할 수 없었다.

"참으로 놀라운 장수다. 탐나는구나. 장비가 실수할지 모르니 불러들여라!"

징을 치자 장비가 돌아왔다. 온몸이 땀에 흠뻑 젖은 장비는 투구를 벗어 던졌다.

"에잇, 무거운 것! 거추장스러워!"

장비는 머리에 수건을 동여매고 다시 말을 몰고 나갔다.

"나와라, 마초!"

마초도 기다렸다는 듯이 달려 나왔다. 두 장수가 다시 어우러져 백여 합을 싸웠지만 승부가 가려지지 않았고 두 장수 모두 지친 기색도 없었다. 유비가 또다시 징을 쳐서 싸움을 중단시켰다. 어느새 날이 저물고 있었다. 유비가 장비에게 말했다.

"마초는 정말 대단하구나! 오늘은 해가 저물었으니 내일 다시 싸우도록 하자."

그러나 장비는 거절했다.

"형님, 맹세코 저자를 죽이고야 말겠소."

"날이 어두워지지 않았더냐?"

"횃불을 밝히고 싸우면 되오."

장비의 군사들 천여 명이 횃불을 밝혔다. 마초도 자신의 군사들에게 대낮처럼 환하게 횃불을 밝히도록 했다. 그렇게 해서 장비와 마초는 어둠 속에서 다시금 접전을 벌였다. 창날을 번득이며 어우러져 싸우는데 이십여 합 만에 마초는 뒤돌아 도망치기 시작했다. 머리 좋은

공경대부(公卿大夫)라는 말은 중국의 주나라 시대에 3공 9경 27대부를 둔 이래 높은 벼슬아치를 일컫는 말로 쓰였어. 우리나라에서는 고려 시대부터 관료의 등급을 규정하는 관계에 반영되어 조선 시대에도 적용되었지.

마초는 장비가 상대하기 버겁다는 것을 알고 계책을 꾸며 놓았다. 장비가 방심하고 따라오기를 기다렸다가 동추를 꺼내 들었다. 사정거리 안에 장비가 들어오자 그대로 휘둘러 장비의 머리통을 가격했다.

하지만 장비는 백전노장이었다. 마초를 따라가면서도 기습이 있을 것을 알고 경계한 덕분에 동추는 귀를 살짝 스치고 지나갔다. 장비는 깜짝 놀란 척하며 그대로 말머리를 돌려 도망쳤다. 이제는 마초가 장비를 뒤쫓았다. 장비는 몸을 돌려 뒤따라오는 마초를 향해 번개처럼 활을 쏘았다. 마초는 급히 몸을 틀어 날아오는 화살을 간발의 차이로 피했다. 이렇게 서로 갖고 있는 재주를 총동원하여 두 장수는 수십 차례 쫓고 쫓기기를 이어 갔다. 결국 유비가 나타나서 말려야만 했다.

"마초 장군 들으시오! 나는 결코 사람을 속이면서 이곳까지 오지는 않았소이다. 군대를 거두어 각자 쉬도록 합시다. 밤에 그대들을 기습하거나 쫓는 일은 없을 것이오. 믿어 주시오."

마초는 유비의 말에서 진정성을 느껴 말머리를 돌렸다. 유비도 군사들을 후퇴시켰다.

다음 날 아침 일찍 장비는 관문에 나아가 마초와 또 싸우겠다고 길길이 날뛰었다. 그때 뒤늦게 출발한 제갈공명이 도착했다.

"어서 오시오. 군사, 지금 상황이 이렇게 되었소이다."

유비가 그동안 있었던 일을 들려주자 제갈공명이 말했다.

"주공, 두 장군 다 아까운 인재입니다. 둘 다 살려야 합니다."

"마초를 보니 너무나 용맹하고 영특하여 사랑하지 않을 수 없소. 그를 얻고 싶은데, 어떻게 하면 좋겠소?"

"제가 계책으로 마초를 귀순시키겠습니다. 동천에 있는 장로는 왕이 되고 싶어 하는 자입니다. 그가 한녕왕이 되는 것을 보증한다고 하십시오. 그의 책사로 있는 양송은 탐욕스러운 자이니 그자를 이용하시지요."

"무엇이 필요하겠소?"

"뇌물로 쓸 금은보화를 주십시오."

"사신으로 누구를 보내면 좋겠소?"

"손건이 적격입니다. 그의 말솜씨를 당할 자가 없습니다."

손건은 지름길로 한중에 가서 양송을 만났다. 만나자마자 금은보화를 건네니 양송은 매우 기뻐했다.

"당장 주공을 만나게 해주겠소."

양송은 손건을 장로에게 데려갔다. 장로는 손건이 들고 온 편지를 읽고 양송에게 물었다.

"유비는 좌장군일 뿐인데 무슨 수로 나를 한녕왕으로 만들어 줄 수 있다는 겐가?"

"그분은 한나라 황제의 숙부입니다. 황제께 직접 청하여서 보증할 수 있지요."

"아하, 그렇구나. 그 대신 원하는 게 무엇인가?"

"마초의 군사를 철수시켜 달라는 것입니다."

"그거야 어렵지 않지. 내가 왕이 된다는데. 당장 마초를 불러들여라."

장로의 사신이 마초에게 가서 이 사실을 알렸다. 마초는 불같이 화를 냈다.

"적들을 무찌르기 전에는 돌아갈 수 없다."

사신으로부터 마초가 회군할 수 없다고 한 말을 듣고 장로가 다시 사람을 보냈다. 두 번, 세 번을 보내도 마초는 돌아오지 않고 계속 유비와 싸우겠다고 버텼다. 그러자 양송이 장로에게 마초를 모함하기 시작했다.

"주공, 이건 이상합니다. 마초는 원래 믿을 만한 자가 못 되었는데, 혹시 모반하려는 뜻이 있는 게 아닌가 싶습니다."

양송은 뇌물로 받은 금은보화에 대한 보상을 톡톡히 하기 위해 헛소문까지 퍼뜨렸다. 마초가 서천을 빼앗아 촉왕이 되고 싶어 한다는 소문이었다. 장로는 이 소문을 듣고 양송을 다시 불러들였다.

"안 좋은 소문이 떠돌던데 어찌하면 좋겠는가?"

"마초에게 이렇게 말씀하십시오."

양송은 마초에게 세 가지를 주문하라고 했다. 첫째는 서천 땅을 취할 것, 둘째는 유장의 목을 베어 올 것, 셋째는 유비의 형주 군사들을 말끔히 물리치라는 것이었다.

"주공! 마초가 이 세 가지 중에 어느 하나라도 이루지 못하면 목을 바치라고 하십시오. 그렇게 하면 돌아올 것입니다."

"모반을 꿈꾸는 자가 돌아오게 되면 위험하지 않겠는가?"

"길목마다 군사들을 풀어서 단단히 지키면 문제없습니다."

장로가 사신을 보내서 세 가지 임무를 완수하라고 전하니 마초는 깜짝 놀랐다.

"한 가지도 이루기 힘든데, 세 가지 일을 한꺼번에 완수하라니! 나를 대하는 태도가 어찌 이렇게 냉랭해졌단 말인가?"

마초가 걱정을 털어놓자 마대가 말했다.

"이제 철군하시지요. 어쩔 수가 없습니다."

"알았다."

마초가 군사를 돌려 돌아가려 할 때 양송은 또다시 헛소문을 퍼뜨렸다. 마초가 돌아오는 것은 모반을 꿈꾸기 때문이라는 것이다.

"마초가 순순히 돌아오겠다는 건 아무래도 모반을 꾀하려 하기 때문이다."

이 소문은 장로의 귀에도 들어갔다.

"들어 보니 그 말이 맞다."

장로는 즉시 군사들을 일곱 갈래로 나누어 마초의 군사들이 돌아오지 못하도록 관문을 굳게 지켰다. 마초는 관문을 통과하지 못하자 당황했다. 진퇴양난에 빠진 것이다. 첩자들을 통해 이 상황을 보고 받은 제갈공명이 마침내 나섰다.

"주공, 제가 나서서 마초를 설복시켜 데려오 겠습니다."

그러자 유비는 불안에 떨었다.

"아니 되오. 그대야말로 나의 고굉심복[†]이 아니겠소? 만약에 무슨 일이라도 생기면 나는 어찌 대업을 이룬단 말이오?"

"아닙니다. 그럴 리 없으니 얼른 다녀오겠

고굉(股肱)은 다리와 팔이라는 뜻이야. 따라서 고굉심복은 팔다리에 비길 만큼 신뢰가 가고 중하게 여기는 신하를 이르는 말이 되었어.

습니다."

"위험해서 안 되오. 보낼 수가 없소"

그때 조자룡의 추천장을 가지고 서천에서 한 사람이 항복해 왔다는 소식이 전해졌다. 유비가 그 사람을 불러들이니 그는 이회라는 자였다. 유비는 그 이름을 전에 들은 것 같았다.

"내 일찍이 그대의 이름을 들었소이다. 유장에게 간곡히 간했다던데 왜 나에게 오셨소?"

"지혜로운 새는 나뭇가지를 가려서 앉는 법이고 어진 신하는 주인을 가려서 섬기는 법입니다. 지난날 제가 유장에게 신하의 도리를 다하려고 간했지만 그가 듣지 않았습니다. 그리하여 반드시 패할 줄 알았는데 오늘날 장군의 인덕이 널리 퍼져서 필경 뜻을 이룰 것 같아 이렇게 찾아온 것입니다."

어찌 보면 기회를 보다가 변절한 것이었지만 유비 입장에서는 반가운 손님이었다.

"감사하오. 그대 같은 선비가 날 찾아와 주니 너무나 고맙소."

그때 이회가 먼저 말을 꺼냈다.

"듣자 하니 마초가 어려움에 처했다 합니다. 저를 보내 주시면 작은 공을 세우겠습니다."

"무슨 공을 말하는 것이오?"

"농서에 있을 때 저는 마초와 얼굴을 마주한 적이 있습니다. 마초가 진퇴양난에 빠졌으니 제가 가서 설득하여 주공께 투항하도록 하면 어떻겠습니까?"

그 말을 듣고 제갈공명이 나서서 말했다.

"내 정말 바라던 바요. 나를 대신해서 마초에게 갈 사람을 찾고 있었소. 그렇다면 마초를 어떻게 설득할 건지 말해 보시오."

이회는 좌우를 살피더니 제갈공명의 귀에 대고 낮은 목소리로 자신의 계책을 말했다. 제갈공명은 크게 기뻐했다.

"즉시 그대를 마초의 진영으로 보내 주겠소."

마초의 영채에 도착한 이회는 만나기를 청했다. 마초는 말재주가 좋은 이회가 자신을 설득하러 온 것인 줄 알고 도부수 이십여 명을 장막 뒤에 숨겨 놓았다. 그리고 이회를 들어오라 했는데 이회의 자세는 꼿꼿하기 이를 데 없었다.

"너는 무슨 일로 나를 보자 했느냐?"

"마 장군, 나는 특별히 그대에게 좋은 이야기를 해주러 왔소."

마초는 이회의 대담함에 놀랐지만 일부러 깔보는 듯한 태도로 말했다.

"내가 보검을 새로 갈아 놓았는데 이야기해 보아라. 마땅치 않으면 네 목으로 내 보검이 잘 드나 시험해 보겠다."

"으하하하! 그 보검은 장군 자신에게 쓰게 될 것이오."

"뭐라고!"

그 이야기는 진퇴양난에 처한 마초가 결국 자결할 수도 있다는 뜻이었다.

"내가 왜 자결한단 말이냐?"

"잘 들으시오. 월나라의 미인이었던 서시를 두고는 아무리 헐뜯기를 잘하는 사람도 그 아름다움을 보는 순간 헐뜯지 못한다 했소. 제나라의 무염녀[†]에 대해서는 아무리 칭찬을 잘하는 사람도 못생긴 얼굴을 보면 그 용모를 칭찬할 수 없다고 했소이다. 세상의 이치는 변하는 법이오. 시간이 흐르면 하늘에 높이 뜬 해도 기울고 꽉 찬 보름달도 이지러지는 법이오. 조조는 장군의 부친을 죽인 원수가 아니겠소? 그런데 장군은 지금 앞으로는 형주 군사를 물리치지도 못했고, 뒤로는 장로의 얼굴을 대할 면목도 없게 되었소. 도대체 장군이 갈 곳이 어디요? 모실 주인이 누구란 말이오? 이제 또다시 실패하게 되면 사람들은 장군을 무엇이라 얘기하겠소?"

참으로 마초의 가슴을 찌르는 말이었다. 마초는 머리를 조아리며 사례했다.

"공의 말이 옳소이다. 내가 갈 곳이 없소. 지혜가 짧은 나로서는 할 말이 없소이다."

"그렇게 생각한다면 어찌하여 도부수들을 숨겨 놓았소?"

"미안하오. 당장 그들을 내보내겠소."

마초가 도부수들을 밖으로 쫓아내자 이회가 말했다.

"유 황숙이야말로 장군의 주인이 될 만한 사람이오. 어진 선비들을 받아들이고 뛰어난 장수들을 모으고 있지 않소? 나도 그래서 유장을 버리고 귀순했소. 게다가 장군의 부친과 유 황숙은 지난날 역적을 토벌하기 위해 함께 약속한 사이가 아니오? 유 황숙 밑으로 들어간다면 선친의 원수를 갚을 뿐만 아니라 크게 공명을 이룰 수 있소."

"아, 그 생각을 미처 하지 못했소. 공이 와서 나를 일깨워 주니 참으로 감사한 일이오."

궁지에 몰렸던 마초는 크게 기뻐했다.

"당장 양백을 불러들이겠소."

마초는 양백이 들어오자 한칼에 목을 베었다. 그리고 그 목을 들고 유비를 찾아가 항복했다. 유비는 직접 나와 마초를 공손히 맞아주었다. 마초는 머리를 조아리며 인사했다.

"이제야 밝은 눈을 얻어 올바른 주인을 만났습니다."

유비는 곽준과 맹달에게 가맹관을 지키라 하고 성도를 치러 다시 떠났다. 조자룡과 황충이 유비를 면죽관으로 맞아들일 때 촉의 장수들이 쳐들어온다는 보고가 올라왔다.

"촉의 장수인 유준과 마한이 군사를 거느리고 쳐들어오고 있습니다."

조자룡이 마초가 보는 앞에서 말했다.

"제가 두 사람을 잡아 오겠습니다."

조자룡이 떠나자 유비는 마초를 안내했다.

"마 장군, 술이나 한잔 하십시다. 자, 어서 자리를 잡고 앉으시오."

술자리에 자리를 잡고 앉기도 전에 조자룡이 돌아왔다. 그의 양손에는 적장의 목이 들려 있었다.

무염녀는 춘추 전국 시대 제나라의 무염이라는 동네에서 태어난 종리춘의 별명이야. 무염녀는 '절구 같은 머리에 쑥 들어간 눈과 우뚝 솟은 코에 튀어나온 울대뼈, 그리고 살찐 목에 듬성듬성한 머리칼, 굽은 허리에 솟아나온 가슴'을 지닌 최고의 추녀였어. 나중에 제나라 선왕의 왕비가 되었단다.

"아, 말로만 듣던 조 장군의 무용이 대단하구려."

마초는 깜짝 놀라며 조자룡에게 경의를 표했다. 그러고는 유비에게 말했다.

"주공, 직접 군사를 끌고 가실 것도 없습니다. 제가 유장을 불러내어 항복하라고 설득하겠습니다."

"만약에 그대의 말을 듣지 않으면 어떻게 할 것인가?"

"저의 아우 마대와 함께 성도를 쳐서 주공께 바치겠습니다."

"아하하! 역시 마 장군은 배포가 남다르오."

유비는 기뻐했다.

이 소식은 싸움에 져서 달아난 군사들의 입을 통해 바로 유장의 귀에 들어갔다.

"어이쿠! 큰일이구나."

유장은 깜짝 놀라 성문을 닫아걸었다. 그때 이미 마초가 군사들을 이끌고 성의 북쪽에 도달했다는 보고가 올라왔다. 성 위에 올라가 보니 마초가 마대와 함께 군사들을 이끌고 와 있었다. 마초가 말에 탄 채로 채찍을 휘두르며 큰 소리로 외쳤다.

"나는 본래 장로의 군사를 거느리고 익주를 구하러 왔지만 장로가 양송의 모함을 듣고 나를 해치려 할 줄은 꿈에도 몰랐소. 나는 이미 유 황숙의 사람이오. 그대도 지체하지 말고 항복하시오! 백성들이 고생하지 않도록 구해 주는 것이 마지막 남은 도리요. 항복하지 않으면 내가 먼저 성을 공격하겠소."

겁 많은 유장은 너무 놀라 부들부들 떨다가 쓰러지고 말았다. 주변에 있던 사람들이 황급히 응급조치를 하여 깨우자 유장은 크게 후회하며 말했다.

"나의 어리석음을 어찌하면 좋으냐? 성문을 열고 항복해서 이제라도 백성을 구해야겠다."

그때 동화가 나섰다.

"아니 되옵니다. 성안에 군사가 삼만 명이나 있고 일 년을 버틸 수 있는 재물과 비단, 군량과 마초가 그득합니다. 왜 항복하신다는 겁니까?"

그러나 유장은 이미 전의를 상실했다.

"아니다. 지난 삼 년 동안 전쟁으로 온 들판에 피와 살이 널렸다. 이건 모두 나의 죄이고, 내가 부족한 탓이다. 항복하여 백성을 편안하게 해 주겠다."

결국 유장은 항복하기로 했다. 유비는 항복을 받는 사신으로 간옹을 보냈다. 간옹은 유장을 만나 유비는 관대한 사람이며 절대 해칠 뜻이 없다고 말했다. 그러자 유장은 항복할 결심을 굳히고 간옹을 후하게 대접해 주었다.

다음 날 유장은 인수와 문적을 싸들고 간옹과 함께 수레를 타고 성 밖으로 나가 유비에게 항복했다. 유비는 영채에서 나와 친히 그를 맞으며 손을 잡고 눈물을 흘렸다.

"아우를 다시 만나니 미안하오. 내가 인의를 행하려 했는데 일이 이 지경이 되었소이다."

유장은 인수와 문적을 넘겨주고 유비와 함께 성도로 들어갔다. 유비가 들어가자 성도의 백성들이 꽃과 등을 들고 나와 환영해 주었다. 마침

내 유비가 공청에 이르러 당상에 오르니 관원들이 모두 나와 절을 했다. 제갈공명은 유비에게 유장의 처리를 일러 주었다.

"주공, 서천을 평정하셨으니 이곳에 주인이 둘이 있을 수는 없습니다. 유장을 형주로 보내십시오."

"이제 방금 촉을 얻었는데 어찌 내 아우를 멀리 보낸단 말이오?"

"주공, 유장이 이 땅을 잃은 것은 유약한 자였기 때문입니다. 주공께서도 똑같이 연약한 마음으로 결단을 못 내리신다면 이 땅을 지키기 어렵습니다."

결국 유비는 제갈공명의 말을 따랐다. 큰 잔치를 열어 유장을 위로한 뒤 진위장군의 인수를 내리고 처자와 종자들과 함께 남군의 공안 땅으로 부임하도록 했다. 유장은 그날로 익주를 떠났다.

익주목, 다시 말해 촉의 주인 자리에 오른 유비는 항복한 문무 관원들에게 후한 상과 벼슬을 내렸다. 그동안 함께 고생한 제갈공명과 장비는 물론 황충과 조자룡, 마초도 벼슬을 올려 주었다. 그뿐만 아니라 관우에게도 큰 상을 내렸다.

익주를 평정한 유비가 성도의 기름진 논밭도 관리들에게 나누어 주려 하자 조자룡이 나섰다.

"주공, 백성들이 오랜 난리 끝에 집과 논밭을 다 잃고 이제 간신히 평화를 찾았습니다. 이 땅은 백성들에게 돌려주어 생업에 종사하게 해야 합니다. 그래야 민심이 주공을 따릅니다. 빼앗아서 상으로 주심은 온당치 않습니다."

유비는 조자룡의 말을 따랐다. 조자룡은 촉을 두루 다니며 백성들의 민심을 읽고 어떻게 해야 그들이 따를지를 알고 있었던 것이다.

제갈공명은 나라를 다스리기 위한 법을 정했다. 그 법은 굉장히 까다롭고 엄중했다. 이때 법정이 법이 엄한 것을 보고 말했다.

"군사, 고조께서는 약법 삼장이라는 세 조목의 법으로 백성들을 다스렸지만 모두 그 은혜에 감복했습니다. 이 복잡한 법을 줄이시어 형벌을 줄이고 법령을 간단히 하여 백성들을 편안하게 하시지요."

"그렇지 않습니다. 그렇게 한 것은 그전에 진나라 법이 너무 모질고 가혹했기 때문에 한고조께서 어질게 대한 것이오. 지금은 상황이 다릅니다. 유장은 어리석고 유약해서 덕으로 나라를 다스리지 못했고, 형벌이 위엄을 잃다 보니 임금과 신하의 도리도 무너졌소. 그리고 직위를 자꾸 올려 주면 사람들은 벼슬이 높아지니까 잔악해지고, 순종시키려고 은혜를 베풀 때는 따르다가 은혜가 없어지면 태만해지는 법이오. 그 폐단이 지금까지 이른 것이오. 이제 다시 법의 위엄을 세우면 은혜를 알고, 벼슬에 한계를 두면 높아질수록 영광이라는 것을 알게 될 것이오. 이렇게 은혜와 영광을 아울러 베풀어야 절도가 생기는 법이라오."

법을 너무 가혹하게 하고 형벌을 엄하게 하면 백성들은 법의 그물을 벗어나려 하는 법이다. 그럼 다른 생각을 할 겨를이 없다. 그럴 때는 덕으로 인도하고 예의로 다스려 백성들 스스로 부끄러움을 알고 나아가 올바른 사람이 되도록 하는 것이 현자들의 생각이었다. 하지만 제갈공명은 그 생각이 잘못 적용되어 이제 오히려 법을 엄하게 시행해야 기강이 바로잡힘을 간파하고 있었다. 한 마디로 조이면 풀고 풀리면 조이는 흐름이 한 나라의 기강과 질서를 잡는 데에도 똑같이 적용됨을 그는 이미 알고 있었던 것이다.

법정은 공명의 말을 듣자 감탄하여 절을 했다. 이로써 촉 땅은 안정을 찾았고 제갈공명은 사십일 주에 군사들을 파견해 지키고 위로하여 달래며 두루 평정을 유지하도록 조처를 취했다.

하루는 유비와 제갈공명이 한가로이 이야기를 나누고 있는데 어처구니없는 일이 벌어졌다. 관우에게 금은과 비단을 내리자 그 아들인 관평이 인사하러 찾아왔다.

"아버님은 잘 계시느냐?"

"예, 주공 덕분에 무사히 지내십니다. 그런데 마초의 무예가 출중하다는 소문을 들으시고 서천으로 와서 한판 겨루고 싶다 하십니다. 오늘 그 뜻을 전하고 싶어서 큰아버님께 왔습니다."

날벼락 같은 이야기였다. 이때부터 관우의 득의양양함과 공명심이 조금씩 엇나가고 있음을 유비는 짐작조차 할 수 없었다.

"여기 와서 마초와 겨룬다면 두 사람이 비길 수는 없으니 승부가 날 때까지 싸워야 하는데 어쩌면 좋단 말인가!"

유비가 어이없어하자 제갈공명이 말했다.

"제가 관 장군에게 편지를 써서 진정시키겠습니다."

유비는 성질 급한 관우가 들이닥칠까 봐 즉시 제갈공명에게 편지를 쓰게 했다. 관평이 편지를 들고 돌아오자 형주에서 기다리던 관우가 물었다.

"마초와 무예를 겨루고 싶다는 나의 뜻은 잘 전했겠지?"

"아버님 말씀을 올렸더니 편지 한 통을 주셨습니다."

편지를 펼쳐 보니 제갈공명의 유려한 필체로 설득력 있는 글이 쓰여 있었다.

　장군이 마초와 무예를 겨루고 싶다 하셨는데 내 생각에 마초의 용맹이라는 것은 고작 경포나 팽월의 무리들에 불과할 따름이오. 장비와는 서로 앞서거니 뒤서거니 다툴 정도는 되지만 관공의 용맹에는 따라갈 수가 없소.
　지금 관공이 형주를 지키는 중차대한 임무를 맡고 있는데 만일 형주를 놔두고 서천에 왔다가 잃게 되는 날에는 그 큰 죄를 어찌 갚겠소?
　부디 헤아리고 살피시오.

한마디로 제갈공명이 처음으로 관우에게 비위를 맞추는 편지를 보낸 것이다.

"어허허, 제갈 군사가 내 마음을 알아주는구나."

편지를 주변에 보여 주며 관우는 서천에 갈 생각을 접었다.

한편, 동오의 손권은 유비가 서천을 얻고 유장을 공안 지방으로 보냈다는 보고를 받고는 장소와 고옹을 불러 형주를 되찾을 궁리를 하기 시작했다.

"애초부터 유비는 형주 땅을 빌릴 때 서천을 얻으면 돌려주겠다고 철석같이 약속했소. 이제 그가 파촉의 사십일 주를 얻었으니 우리는 옛 땅을 되찾아야 할 것이오. 만일 돌려주지 않는다면 군사를 일으켜 힘으로라도 빼앗아야 하오."

장소가 나서서 말했다.

"주공, 동오도 이제 겨우 안정을 취하고 있습니다. 군사를 일으키는 것은 좋지 않습니다."

"그럼 어쩌란 말이오? 형주를 그대로 놔두라는 뜻이오?"

"아닙니다. 제게 계책이 있으니 유비가 두 손으로 주공께 형주를 바치도록 해보겠습니다."

장소의 계책은 제갈공명의 형을 지렛대로 활용하여 혈육의 정을 볼모로 삼으려는 것이었다.

"방통이 죽고 나서 유비에게는 이제 제갈공명밖에 없습니다. 그런데 그의 형이 우리 동오에 있지 않습니까? 제갈근을 이용하시지요."

"성실한 군자인 제갈근을 어찌 이용할 수 있단 말이오?"

"계책임을 알려 주면 제갈근도 흔쾌히 응할 것입니다."

그리하여 장소의 계책이 시행되었다. 먼저 제갈근의 가족을 모두 불러들여 거짓으로 감옥에 가두었다. 그리고 제갈근에게 손권이 쓴 편지를 주고 서천으로 보냈다. 며칠 뒤 제갈근은 성도에 도착하자 유비에게 사람을 보내어 자신이 왔음을 알렸다. 유비는 제갈공명에게 물었다.

"그대의 형이 무슨 일로 이곳에 온 것 같소?"

"아마 형주를 찾으러 온 듯합니다."

"어찌하면 좋겠소?"

"계략을 가지고 왔을 텐데 크게 걱정하지 마십시오."

유비에게 대책을 일러 준 뒤 제갈공명은 성 밖으로 나가서 제갈근을 만나 집으로 데려가지 않고 손님을 모시는 숙소로 안내했다. 인사를 마치자마자 제갈근은 소리 내어 통곡했다.

"으흐흐흑! 이 일을 어찌하면 좋으냐! 으흐흐흑!"

"형님, 무슨 일이십니까? 왜 우시기만 합니까? 말씀을 하십시오."

"내 가족이 모두 죽게 생겼다."

제갈공명은 바로 알아들었다.

"형주를 돌려받지 못해서 그런 것이 아니겠습니까? 이 아우도 가슴이 찢어집니다."

"그러니 어쩌면 좋단 말이냐?"

"제가 형님의 걱정을 덜어 드리겠습니다. 형주를 곧 돌려드리지요."

생각보다 쉽게 제갈공명이 응해 주자 제갈근은 크게 기뻐하며 소리 쳤다.

"정말 그리되도록 힘써 줄 수 있겠느냐?"

"어서 주공에게 가서 이 사실을 알려야 합니다."

제갈근은 제갈공명과 함께 유비에게 가서 인사를 하고 손권의 편지를 바쳤다.

유비는 손권의 편지를 읽자마자 얼굴이 시뻘게져서 버럭 화를 냈다.

"손권은 자신의 누이를 나에게 시집보내 놓고 몰래 빼돌린 자가 아닌가! 어찌 이걸 용서할 수 있단 말이오? 지금 당장 서천의 군사들을 끌고 강남으로 쳐들어가서 원한을 갚고 싶은데 형주를 돌려 달라고?"

유비의 반응에 제갈근이 당황하여 말을 잇지 못하자 제갈공명이 땅에 엎드려 울며 간청했다.

"으흐흐흑! 주공! 형님의 가족이 모두 죽게 되었습니다. 형주를 돌려

주지 않으면 모두 다 참살당합니다. 형님이 안 계시면 제가 어찌 살 수 있겠습니까? 주공께서는 너그러이 통촉하셔서 형제간의 정을 온전하게 해주시고 부디 동오에 형주를 돌려주십시오."

그러나 유비는 완고했다.

"그럴 수 없소. 공은 공이고 사는 사요."

"그래도 사정을 봐주십시오. 주공, 간절히 바라옵니다."

제갈공명이 슬피 울자 유비가 할 수 없이 마음을 바꿨다.

"그렇다면 군사의 체면도 있고 하니 형주의 반을 떼어서 주겠소. 장사와 영릉과 계양, 세 지방을 내주면 어떻겠소?"

제갈공명은 그 말을 듣자 크게 기뻐했다.

"감사합니다. 허락하신 김에 관우에게 편지를 써서 보내 주십시오."

유비가 형주를 다스리는 관우에게 세 지방을 돌려주라는 내용의 편지를 써서 제갈근에게 넘겨주었다.

"자, 이 편지를 가져가서 내 아우에게 전달하시오. 내 아우는 성미가 불같으니 말씀을 잘

유비가 손권에게 내준 척한 형주의 세 지방

하셔야 할 것이오."

유비의 서신을 받아든 제갈근은 우쭐거리며 관우에게 향했다. 자신이 직접 찾아가 큰 공을 세웠기 때문이다.

형주를 지키고 있던 관우는 제갈근이 왔다고 하자 맞아들여 인사를 하고 자리를 잡고 앉았다. 제갈근이 편지를 내놓으며 관우에게 자초지종을 이야기했다. 가족들이 옥에 갇힌 일이며, 유비와 제갈공명을 만난 일까지 이야기했다.

"관 장군, 유 황숙께서 세 지방을 동오에 돌려주라고 허락하셨습니다. 즉시 돌려주셔야 합니다. 그래야 제가 돌아가서 우리 주공에게 면목이 서고, 가족을 구할 수 있습니다."

그 말에 온화하던 관우의 얼굴이 험악하게 변했다.

"무슨 말씀을 하시는 게요? 나는 형님과 도원결의를 하면서 한나라 왕실을 바로 세우기로 결심하였소. 형주 땅은 본디 한나라 땅이 아니겠소? 그런데 어찌 내줄 수 있단 말이오? 이곳은 함부로 내주고 받고 할 땅이 아니오."

한의 부흥을 외치며 깃발을 들어 올린 유비였다. 한의 영토인 형주가 제후의 나라가 되었던 걸 간신히 유비가 회복했는데 다시 동오에 준다면 깃발을 들어 올린 의미가 흐려진다는 말이었다.

"그래도 지금 형님이신 황숙께서 돌려주라고 말씀하셨으니 황숙의 말씀을 들으셔야 합니다."

"장수가 외지에 나가서는 임금의 명도 때에 따라 거역할 수 있는 법이오. 형님의 서신을 가져왔다지만 나는 한 치의 땅도 동오에 내줄 수 없소."

제갈근은 난감했다. 일이 꼬여도 한참 꼬였기 때문이다.

"우리 가족이 모두 죽습니다. 형주를 돌려받지 못하면 모두 죽을 터인데 가엾게 여겨 주오."

"아하하하!"

관우가 비웃었다.

"그 따위 얕은꾀로 날 속이려는 것이오? 모두 다 손권의 잔꾀가 아니란 말이오?"

"장군은 어찌하여 이렇게 무지막지하십니까?"

그 말에 관우는 갑자기 칼을 잡으며 말했다.

"그만 말씀하시오. 제갈 군사의 형님이기 때문에 내가 참는 것이오. 무지막지하다니 이 칼이 정말 무지막지한 게 무엇인지 본때를 보여 줄 수도 있소."

옆에 있던 관평이 달려와 말렸다.

"아버님, 군사의 체면을 봐서라도 노여움을 거두십시오."

"군사의 체면을 봐서 아직까지 저자를 살려 둔 것이다."

놀란 제갈근은 황급히 물러나와 배를 타고 다시 서천으로 향했다. 제갈공명에게 가서 이 사실을 알려야 했기 때문이다.

그러나 제갈공명은 제갈근이 올 것을 알고 각 군을 순시하러 떠나고 없었다.

"어허! 낭패로군, 낭패야."

제갈근은 할 수 없이 유비를 찾아가서 이 사실을 모두 알렸다. 관우가 자신을 죽이려 했다며 눈물로 호소하자 유비는 시치미를 뗐다.

"그러게 내 뭐라 했소? 내 아우는 성미가 급하다 하지 않았소? 나도 어쩔 수가 없소. 그대는 잠시 동오로 돌아가 계시오. 내가 장로의 땅을 얻으면 관우를 그리로 보내 지키게 할 테니 그때 형주 땅을 돌려드리겠소."

아무리 사정을 해도 상황이 바뀔 수는 없었다. 제갈근은 할 수 없이 손권에게 돌아가 자초지종을 모두 전했다. 손권은 그 이야기를 듣고 냉정하게 사태를 파악했다.

"그대가 소득도 없이 분주하게 다닌 건 모두 공명의 계략이오."

"아닙니다. 제 동생도 울면서 유비에게 사정했습니다. 그런데 관우가 거절하며 형주 땅을 내놓지 않은 것입니다."

"좋소. 유비가 세 지방을 준다고 했으니 어디 한 번 관리들을 보내 봅시다. 어떻게 나오는지 보면 알겠지."

제갈근은 힘없이 그러자고 했다. 손권은 제갈근의 식구들을 모두 풀어 주었다. 더 이상 연극을 할 필요가 없었기 때문이다. 그리고 장사와 영릉, 계양의 세 개 군에 관리를 보냈다. 그러나 세 개 군에 파견된 관리들은 하루를 버티지 못하고 쫓겨났다.

"아니, 어찌된 일이냐?"

"관우가 우리를 받아 주지 않았습니다. 그날 밤으로 경계 밖으로 쫓겨났는데 하마터면 죽을 뻔했습니다."

손권은 화가 나서 이번엔 노숙을 불렀다.

"과거에 그대가 보증을 서서 유비에게 형주를 빌려주지 않았소? 이제 저렇게 딴소리를 하는데 그대는 구경만 하고 있을 참이오?"

"주공, 제가 계책을 하나 생각해 두었습니다. 그걸 말씀드리려던 참이었습니다."

"그게 무슨 계책이오?"

"관우를 죽이면 될 것 아닙니까?"

"관우를 죽인다?"

"예."

노숙이 손권의 귀에 대고 관우를 죽일 계책을 말해 주었다.

"그거 좋은 생각이오. 당장 시행하시오."

그때 감택이 나서서 만류했다.

"관우는 용맹하기 이를 데 없는 장수입니다. 이 계략이 잘못 풀리면 우리가 오히려 위험해집니다."

손권이 버럭 소리쳤다.

"그럼 도대체 언제 형주 땅을 되찾는다는 말이냐? 당장 계획대로 실행하라."

그리하여 노숙은 육구로 가서 여몽과 감녕을 불러 관우를 처치할 계획을 짰다. 육구의 영채 밖에 임강정이라는 아름다운 정자가 있었다. 그곳에 잔칫상을 차리게 하고, 말솜씨 좋고 배포가 두둑한 자를 사자로 뽑아 관우에게 보냈다. 사자는 관우에게 노숙이 잔치에 청한다는 말을 전하며 편지를 바쳤다. 관우가 편지를 읽고 너그러운 표정을 지으며 말했다.

"노숙이 나를 초대했으니 내일 잔치에 가겠다. 그대는 먼저 돌아가서 내가 참석한다고 이르도록 하라."

사자가 떠나자 관평이 걱정하며 물었다.

"아버님, 노숙이 절대 좋은 뜻으로 부른 것은 아닐 겁니다. 위험할 텐데 왜 간다고 하셨습니까?"

"내가 그걸 모르겠느냐? 나를 잔치에 초대해서 형주를 내놓으라고 겁박할 것이다. 그러니 가지 않으면 나를 비겁하다고 욕할 것이야."

"내일 어찌 가시려 하십니까?"

"배 한 척에 호위병 열 명만 데리고 가겠다. 그럼 그들이 어떻게 나오는지 구경이나 해야겠다."

"아버님, 위험합니다. 중대한 임무를 맡고 계신 몸으로 어찌 호랑이 굴로 들어가려 하십니까?"

"나는 수없이 많은 전쟁터를 누비며 창칼과 투석을 피해 다닌 사람이다. 그깟 강동의 쥐새끼들을 두려워할 것 같으냐?"

옆에 있던 장수들도 모두 만류했다.

"장군께서 가신다면 준비를 단단히 하셔야 합니다."

"걱정하지 마라. 내가 다 생각해 두었다. 관평은 빠른 배 열 척에다 수군 오백 명을 강 위쪽에 숨겨 두고 있다가 내가 붉은 깃발을 흔들면 건너와라."

"시행하겠습니다."

한편 노숙은 형주에서 돌아온 사자가 관우가 잔치에 참석하기로 했다고 전하자 곧바로 여몽과 대책을 논의했다.

"관우가 온다는데 어찌하면 좋겠소?"

"관우가 군사를 거느리고 오면 제가 숨어 있다가 한꺼번에 해치우겠습니다."

"만일 혼자 오면 어찌하겠소?"

"군사를 거느리지 않고 온다면 정원 뒤에 도부수 오십 명을 숨겨 놓는 것으로 충분합니다."

다음 날 노숙은 언덕에서 강어귀를 지켜보고 있었다. 아침 일찍 배한 척이 다가왔다. 사공도 몇 사람 없고 관(關) 자가 쓰여 있는 깃발이 휘날리는 것을 보니 관우의 배가 맞았다. 관우는 충성스러운 가신 주창에게 청룡도를 들려 배를 타고 건너왔다. 그 옆에는 여덟아홉 명의 장정들이 있을 뿐이었다.

"관우가 저렇게 혼자 오다니 놀라운 일이다."

노숙은 의심을 하며 가까이 다가가 관우를 맞았다. 그들은 예를 갖춘 뒤 정자에 올라 술잔을 기울이며 담소를 나누었다. 술잔이 거듭 채워지며 분위기가 무르익자 노숙은 비로소 하고 싶었던 말을 꺼냈다.

"관 장군께 드릴 말씀이 있소."

관우는 드디어 올 것이 왔다고 생각하며 이야기를 들었다.

"지난날 형님이신 유 황숙께서 나에게 보증을 서라 하여 우리 주공에게 형주를 빌리셨소이다. 그때 분명히 서천을 취하면 즉시 형주를 돌려준다 하셨는데 지금까지 이루어지지 않고 있습니다. 황숙께서 인의를 실천하신다지만 이것은 약속을 어긴 것이니 어찌하면 좋겠소이까?"

관우가 점잖게 말했다.

"이는 나라의 일이오. 술자리에서 논할 바가 아닌 것 같소."

"우리 주공께서 강동에 머무르면서도 형주를 빌려준 것은 유 황숙이 의지할 곳 없이 와 있었기 때문에 딱하게 여긴 것이오. 그러니 이제 형주를 돌려주는 것은 당연합니다. 속히 돌려주십시오. 세 지방만 돌려준 다는 것도 우리 오의 입장에선 말이 되지 않습니다. 그런데 백 번 양보해서 세 고을만으로 참으려 해도 그나마 관 장군이 지금 영을 따르지 않으니 참으로 통탄할 일입니다."

"적벽 싸움에서 우리 형님께서 비 오듯 쏟아지는 돌과 화살을 피하여 힘을 합쳐 적을 격파했소. 그런데 어찌 작은 땅덩어리 하나 차지할 수 없단 말이오? 동오의 신하로서 고마워해야 할 일 아니오?"

"그렇지 않습니다. 지난날 관 장군과 유 황숙께서 장판에서 대패하여 오갈 데가 없을 때 주공께서 의탁할 곳 없는 황숙의 처지를 불쌍히 여겨서 땅을 빌려주신 것입니다. 우리의 호의로 형주를 장악하고 서천까지 얻었는데 탐욕에 빠져 의리를 배신하면 사람들의 웃음거리가 될 것입니다. 깊이 살펴보십시오."

"형님이 알아서 할 일이오. 나는 간섭할 수 없소."

"장군과 유 황숙은 같은 날 죽기로 결심한 의형제 사이인데 어찌 핑계만 대십니까?"

그때 대청 아래 뜰에 서 있던 주창이 버럭 소리를 질렀다.

"천하의 땅이라는 건 인덕이 있는 자가 차지하여 다스리는 것이 법도이거늘 어찌 너희만 차지하겠다는 것이냐?"

그 말에 관우가 벌떡 일어났다.

"네 이놈! 나라의 일을 논하는데 어찌하여 함부로 입을 놀리느냐? 당장 나가거라!"

관우는 주창이 들고 있던 청룡언월도를 빼앗아 들고 주창을 내쫓았다. 주창은 이것이 신호인 줄 알고 강 언덕으로 나가 붉은 깃발을 좌우로 힘껏 흔들었다. 기다렸다는 듯이 관평의 쾌속선들이 쏜살처럼 강을 건너왔다. 그사이 관우는 오른손에는 청룡언월도를 들고 왼손으로 노숙의 손을 잡은 채 취한 척하며 말했다.

"오늘 잔치에 청했으니 형주의 일은 더 이상 이야기하지 마시오. 내가 너무 많이 취하여서 우리의 좋은 정이 상할까 두렵소이다. 다음엔 내가 초청할 터이니 그때 다시 논의합시다."

"관공, 왜 이러시오? 이 손을 놓으시오."

노숙은 잡힌 손을 빼려 했지만 관우의 힘을 당할 수는 없었다. 결국 관우에게 이끌려 강변까지 나아갔다. 여몽과 감녕은 당장 군사를 풀고 싶었지만 관우가 한 손에는 청룡언월도를 쥐고 다른 한 손에는 노숙을 잡고 있으니 노숙이 다칠까 염려되어 감히 움직이지 못했다. 관우는 나루터에 이르자 그제야 노숙의 손을 놓아 주었다.

"오늘 술 잘 얻어먹었소이다. 안녕히 계시오."

관우는 뱃전에 훌쩍 뛰어올라 작별 인사를 했다. 노숙은 얼이 빠진 채 관우를 쳐다보고만 있었다. 그사이 관우의 배는 바람을 타고 멀어졌다.

관우가 돌아가자 노숙은 여몽과 또다시 대책을 의논했다.

"또 실패했으니 어찌하면 좋겠소?"

"어서 주공께 보고하시지요. 군사를 일으켜 결전을 벌일 수밖에 없습니다. 말로는 되지 않습니다."

"그래야 할 것 같소."

노숙이 사람을 보내어 이 사실을 알리자 손권은 노발대발하며 길길이 날뛰었다.

"이제는 전쟁이다. 형주를 쳐야 한다."

문무 관원들을 모아 놓고 전쟁 계획을 짜고 있을 때 급보가 전해졌다.

"조조가 쳐들어온다 합니다."

"무엇이? 군사의 수는 얼마냐?"

"삼십 만이라 하옵니다."

손권은 깜짝 놀라 노숙에게 전교를 보냈다.

"형주를 치려던 군사들을 잠깐 멈추고 합비와 유수로 돌려서 조조를 막도록 하라!"

일찍이 제갈공명이 천하를 셋으로 나누어 세력의 균형을 이루자는 계책을 짠 것은 바로 이럴 때 어김없이 들어맞았다.

5
삼국의 균형

조조는 적벽대전의 치욕을 잊지 않았다. 그는 군사를 일으켜 남쪽으로 쳐들어갈 궁리만 하고 있었다. 천하통일의 의지가 사그라들지 않은 것이다. 욕망을 위해서라면 조조는 두 걸음 나아갔다가 한 걸음 물러날 줄 알았다. 어려움과 고난 때문에 그렇게 하지만 다시 욕망의 열정과 불굴의 의지가 그를 앞으로 몰아세웠다. 그는 집념의 화신이었다. 하지만 막료들은 그러한 조조의 집념과 의지를 말리곤 했다. 대표적인 자가 부간이었다. 부간은 글을 써서 잘못된 점을 지적했다.

어리석은 저의 소견으로는 덕을 닦으시면서 군사를 쉬게 하고 선비를 잘 기르시면서 적절한 때를 기다리셔야 한다고 생각합니다.

만약 지금 수십만 군사를 일으킨다면 적들에게 이용을 당하고 기이한 계책으로 패배를 겪을 뿐입니다.

하늘의 위엄이 꺾이는 일이 되니 잘 살피십시오.

조조는 부간의 글을 읽고 뜻을 접었다.[†] 그리고 정말 내적인 충실을 기하기 위해 학교도 짓고 학문이 높은 선비들을 초빙하여 예로써 대우했다.

그 무렵, 신하들은 서로 충성 경쟁을 벌였다. 조조를 위나라 왕으로 모셔야 한다는 공론이 일어나기 시작한 것이다. 조조가 왕이 될 이유를 서로 앞다투어 이야기하여 조조를 기분 좋게 했다.

하지만 반대하는 자가 있었으니 그는 바로 순유였다.

"승상은 벼슬이 이미 위공으로 더 이상 오를 수 없는 곳까지 이르렀습니다. 그 영광에 구석을 더하여 지위가 높을 대로 높아졌습니다. 그런데 이제 왕위에 오르신다면 하늘의 도리에 맞지 않습니다."

조조는 황제가 공로 큰 사람에게 내리는 구석까지 받았으니 신하로서는 더 이상 오를 수 없는 영광의 자리를 차지하고 있었다. 그러나 조조도 이제 나이가 들어 주변 사람들의 충언을 받아들일 만큼 너그러운 아량이 부족해졌다. 게다가 아주 막무가내가 되어 가망이 없는 것도 있는 것처럼 생각하기 시작했다. 그리고 점점 더 분별력을 잃어 갔다.

"그놈이 순욱을 따라가고 싶다는 것이냐?"

조조가 노여워하며 한 이 말이 순유의 귀에 들어갔다. 조조를 노엽게 하면 어떤 일이 벌어지는지 순유는 누구보다 잘 알고 있었다. 두려움과 불안에 순유는 병에 걸려 앓아누웠고 십여 일 만에 죽고 말았다. 순유가 그렇게 죽고 나자 조조는 후하게 장례를 치러 준 뒤 왕이 되려는 생각을 접었다.

그러나 그의 오만함과 도도함은 여전했다. 칼을 차고 입궁하는 조조를 보며 헌제와 복 황후는 두려움에 떨었다. 두려워하는 왕에게 조조는 형식적으로나마 의견을 물었다.

"황제 폐하, 손권과 유비라는 두 작자가 각각 한 지방씩 차지하고서 조정을 조롱하고 있습니다. 어찌하면 좋겠습니까?"

황제가 의견이 있을 리 없었다.

"내가 무얼 알겠소? 위공이 알아서 처리하시오."

헌제로서는 최선의 대답이었지만 조조는 심술을 부렸다.

"매번 저보고 알아서 하라고 하시니까 제가 황제를 제쳐 놓고 국정을 농단한다고 사람들이 욕하는 것이 아닙니까?"

《삼국지연의》에서는 조조의 책사인 부간이 조조가 손권을 정벌하려고 하는 것을 막았다고 나와 있어. 그는 "오(吳)는 장강의 험한 난관이 있고, 촉은 높은 산이 가로막고 있어 이기기 어려우니 때가 오길 기다리자."고 주장했고, 조조가 그 말을 들은 걸로 되어 있어.
하지만 정사에 의하면 조조는 부간의 건의를 받아들이지 않고 군사를 일으켰다가 결국 실패했다고 적혀 있지. 한 마디로 《삼국지연의》에서 조조의 호기로움을 묘사하기 위해 이 대목에서 상상력을 발휘한 거야. 실패한 게 아니라 싸우러 나가지 않고 때를 기다린 게 되었어.

조조가 도끼눈을 뜨자 헌제는 떨리는 목소리로 말했다.

"승상이 나를 보좌해 주는 건 정말 고마운 일이요. 그러나 부탁이 있소. 이 부탁만은 들어주시오."

"무슨 부탁이십니까?"

"나를 황제 자리에서 내려 주시오. 퇴위하고 싶소."

"에이!"

조조가 듣고 싶은 대답이 아니었다. 조조는 성난 눈으로 황제를 쏘아본 뒤 궁에서 나갔다. 황제를 따르는 신하들이 입을 열었다.

"소문을 듣자 하니 조조는 왕이 되고자 한답니다. 왕이 되고 나면 그다음에는 황제가 되고 싶어 할 것입니다."

"저자가 그렇게 해도 우리는 막거나 제지할 힘이 없소이다!"

헌제와 복 황후는 서로 끌어안고 울었다. 그러나 이런 위기가 닥쳤을 때 지혜로운 방법을 찾아내는 것은 여자들이었다. 황후는 울음을 그치고 도움 청할 곳을 생각해 냈다.

"폐하, 신첩의 아비인 복완은 충신이옵니다. 늘 조조를 제거하고 싶어 하시니 제 아비와 함께 일을 도모하면 어떻겠습니까?"

그러나 황제는 이미 자신을 돕다가 죽은 사람들을 너무나 많이 알고 있었다.

"동승이 과거에 일을 도모하다가 비참하게 죽었소. 또 비밀이 누설되면 짐과 그대는 살아날 길이 없소이다."

"폐하, 바늘방석에 앉아 사느니 차라리 죽는 게 낫겠습니다. 이렇게 사는 것은 죽는 것만도 못하지 않습니까?"

152

"하지만 누가 우리를 도와 심부름을 하겠소?"

"환관들 중에 목순이라는 자가 충성스럽습니다. 목순을 통해 아버님께 밀서를 보내겠습니다."

그리하여 목순은 헌제와 복 황후의 부름을 받아 병풍 뒤에 서서 이야기를 들었다. 황제에게 직접 분부를 들을 수 없는 신분이었기 때문이다.

"목순은 들어라! 황후의 부친 복완을 시켜 역적 조조를 없애고 싶은데 모두가 조조의 심복들이니 믿고 맡길 인물이 없구나. 너에게 황후의 밀서를 줄 테니 잘 전달하도록 하고 부디 짐을 저버리지 말아 다오."

목순은 병풍 뒤에서 꿇어 엎드려 울며 대답했다.

"폐하, 폐하의 은혜에 감사하며 살고 있습니다. 은혜에 보답할 수 있게 그 일을 맡겨만 주십시오. 죽기를 각오하겠나이다."

복 황후는 밀서를 써서 목순에게 건넸다. 목순은 밀서를 가늘게 꼬아 머리 안에 감춘 뒤 몰래 궁을 빠져나가 복완의 집으로 달려갔다. 목순으로부터 밀서를 전달받은 복완은 황후의 친필을 확인하자 통곡했다. 복완은 밀서를 읽은 뒤 눈물을 닦으며 말했다.

"역적 조조의 심복들이 궁에 가득하니 함부로 일을 도모할 수는 없소이다. 방법은 단 하나. 조조가 궁을 비울 때 안에서 우리가 충성스러운 신하들과 함께 계책을 세워야 뜻을 이룰 것이오."

"어떤 계책이 있으십니까?"

"강동의 손권과 서천의 유비가 군사를 일으켜야 하오. 그러면 조조가 그들을 치러 나가느라 궁을 비울 것이 아니겠소? 그때 우리가 협공하여 조조를 토벌해야 하오."

"그러시다면 황장(皇丈, 황제의 장인)께서 황제와 황후께 답신을 올려 밀조를 받으십시오. 그리고 오와 촉, 두 곳에 몰래 사람을 보내어 군사를 일으킬 날짜를 정해 주면 될 것 같습니다."

"그 말이 맞소."

복완은 곧바로 답신을 써서 목순에게 건넸다. 이 답신을 황제에게 전하면 황제가 밀서를 써서 손권과 유비에게 보내어 군사를 일으키게 하려는 대담한 계략이었다. 그대로만 된다면 조조의 목숨은 바람 앞의 촛불이었다.

그러나 목순이 수상하다는 보고가 이미 조조에게 들어가 있었다.

"이자들이 감히 나를……."

조조는 궁궐 문 앞에서 목순을 기다리고 있었다. 이 사실을 모르고 궁으로 들어가려던 목순은 조조를 보자 깜짝 놀랐다. 두려워서 온몸이 덜덜 떨렸다.

"어딜 다녀오는 게냐?"

"황후께서 몸이 불편하시어 의원을 부르러 갔다 왔습니다."

"의원이 어디 있단 말이냐?"

"아직 오지 않았습니다."

"네 이놈! 누굴 속이려 하느냐? 저놈의 몸을 당장 뒤져 보아라."

목순의 몸을 샅샅이 뒤졌지만 아무것도 나오지 않았다. 증거가 나오지 않으니 더 이상 뭐라 할 수가 없었다.

"들여보내라."

조조는 씁쓸하게 입맛을 다시며 목순을 놓아주었다. 그러나 하늘은 조조의 편이었다. 갑자기 강풍이 불어 목순의 관모가 저만치 날아가 떨어졌다.

"에쿠!"

당황한 목순은 허둥지둥 관모를 집어 쓰고 궁으로 들어가려 했지만 조조가 다시 불렀다.

"저 관모를 벗겨서 가져와라!"

관모를 샅샅이 뒤졌지만 아무것도 나오지 않았다. 다시 돌려줄 수밖에 없었다. 이미 혼이 반은 나간 목순은 관모를 쓴다는 것이 앞뒤를 바꿔 거꾸로 쓰게 되었다. 이를 보고 갑자기 의심이 든 조조가 명령을 내렸다.

"저놈의 머리도 이 잡듯이 샅샅이 뒤져라!"

관모를 벗기고 머리칼을 풀어 헤치니 그 안에 심지처럼 꼰 밀서가 들어 있었다. 유비, 손권과 손잡고 밖에서 군사를 일으키면 안에서 들고 일어나겠다는 내용이었다. 글을 읽는 조조의 눈에 핏발이 섰다.

"저놈을 심문해라. 어떤 놈과 작당했는지 당장 알아내라!"

그러나 이미 죽기를 각오한 목순은 입을 꽉 다문 채 아무 말도 하지 않았다. 조조는 군사를 풀어 복완의 집을 에워싸고 남녀노소 가리지 않고 잡아들였다. 그리고 온 집안을 뒤져 마침내 복 황후의 친필 밀서를 찾아냈다. 이것이 모두 그날 밤 벌어진 일이었다.

다음 날 아침 조조는 복 황후를 처치하기로 결정했다. 헌제는 군사 삼백 명이 갑자기 궁궐로 쳐들어오자 놀랐다.

"위공의 명을 받들어 황후의 새수를 거두어들이러 왔습니다."

황후의 새수란 옥새와 그 도장 끈을 말하는 것이니 한마디로 황후의 지위를 박탈하겠다는 뜻이다.

"아!"

비밀이 누설되었음을 눈치 챈 헌제는 가슴이 찢어지고 심장이 쿵 떨어지는 것 같았다.

한편 황후의 거처에 관리들이 들이닥쳐 새수를 빼앗아 가자 복 황후는 놀라서 골방 벽 사이에 숨었다. 곧이어 상서령 화흠이 군사 오백 명을 이끌고 들어와 궁인들에게 물었다.

"복 황후는 어디에 있느냐?"

"모릅니다."

"어디 계신지 알 수 없습니다."

화흠은 군사들을 이끌고 사방팔방 문을 열어젖히며 돌아다녔지만 쉽게 찾지 못했다.

"벽을 허물어서 찾아라!"

두들겨 보고 빈 공간이 있는 벽을 닥치는 대로 부순 결과 복 황후를 찾아냈다. 화흠은 다짜고짜 황후의 머리채를 잡아 질질 끌고 나왔다. 복 황후는 화흠에게 애처롭게 빌었다.

"목숨만 살려 다오! 죽이지 말아 다오!"

"나한테는 너를 살릴 권한이 없다. 위공에게 여쭤 보아라!"

머리가 산발이 된 복 황후는 무사들에게 끌려가며 물었다.

"황후를 이렇게 능멸하는 네놈은 누구란 말이냐?"

"알 것 없다. 곧 죽을 목숨이."

황후를 이렇게 함부로 대한 화흠†은 원래 글재주로 이름이 높은 선비였다. 벼슬을 얻기 위해 처음에는 손책의 신하로 들어갔다가 손책이 죽자 손권에게 몸을 맡겼지만 나중에 조조에게 귀순했다. 뒤늦게 조조의 막료가 된 화흠은 자신의 존재를 부각시킬 기회가 절실히 필요했다. 그러다 보니 출세를 위해 복 황후의 머리채를 잡아 휘두르는 지경에 이른 것이다.

화흠이 복 황후를 끌고 외전으로 나오자 가슴 졸이고 있던 헌제가 달려 나왔다. 헌제는 황후를 끌어안고 통곡했다.

"지체할 시간이 없다. 위공을 뵈러 빨리 가자."

화흠이 호령하며 다그치자 헌제가 말했다.

"황후, 나도 언제 죽을지 모르오. 다시는 살아서 볼 수 없을 것 같소."

군사들이 흐느끼는 복 황후를 끌고 나가자 헌제는 가슴을 두드리며 통곡했다.

"황후! 황후!"

그러나 헌제는 아무런 힘이 없었다.

화흠이 복 황후를 끌고 오자 기다리고 있던 조조가 큰 소리로 꾸짖었다.

"내가 너희를 성심으로 대했건만 너희는 나를 죽일 생각만 하고 있었구나. 내가 너를 죽이지 않으면 네가 나를 죽이게 생겼다. 얘들아, 저 간특한 계집을 죽여라!"

좌우의 무사들이 몽둥이로 황후를 마구 두들겨 패 죽였다. 그뿐만 아니라 복 황후가 낳은 황제의 두 아들도 사약을 내려 죽였다. 그날 밤 복완과 목순의 일가친척들은 모두 저잣거리에서 처형을 당했다. 공포가 온통 세상을 덮었다. 이때가 건안 19년(214) 11월이었다.

헌제는 이 일로 충격을 받아 오래도록 밥을 먹지 않았다. 그러자 조조가 입궐하여 냉랭한 얼굴로 말했다.

"폐하, 근심하지 마십시오. 신은 절대 역적이 아닙니다. 이미 폐하에게 귀인으로 바친 신의 딸은 어질고 효성심이 지극합니다. 이참에 정궁으로 삼으십시오."

그리하여 조조의 딸인 조 귀인은 건안 20년 정월 초하루 정궁 황후가 되었다. 신하들 가운데 아무도 감히 나서서 말리지 않았다.

궐 안이 다시 조용해지자 조조는 가장 신임하는 심복인 하후돈과 함께 숙원인 동오와 촉을 정벌할 일을 의논했다. 하후돈은 무장이었지만 조조를 따라 평생 전장을 누비면서 나름의 지략을 갖추게 되었다.

여기서 잠깐!!

화흠은 병원, 관녕 등의 선비들과 친하게 지내어 사람들은 이들을 한 마리의 용이라고 불렀어. 이들과 관련된 재미나는 일화가 있어. 관녕과 화흠이 텃밭에서 채소를 가꿀 때였어. 쪼그리고 앉아 호미질을 하는데 우연히 금덩어리가 땅에서 나왔대. 관녕은 돌 보듯 쳐다보지도 않았어. 하지만 화흠은 금덩어리를 주워 한번 들어 보더니 돌무더기로 던져 버렸어.

그다음에는 문밖이 떠들썩하게 상공이 지나갔어. 관녕은 그 소리에 미동도 하지 않고 책을 읽었지만 화흠은 행차를 보며 부러워했어. 화흠이 방으로 돌아오니까 관녕은 자리를 박차고 일어났어.

"재물과 권력을 탐내는 비루한 자와 함께 자리하지 않겠다."

그 뒤 관녕은 멀리 요동 땅으로 가서 관을 쓰고 누각에 기거하면서 땅을 밟지 않고 지냈지. 벼슬에도 오르지 않았고 위나라를 섬기지 않았어. 한마디로 신선처럼 지낸 것이야.

"오와 촉을 한꺼번에 칠 순 없습니다. 아직은 우리의 힘이 그렇게 되지 않습니다. 차라리 한중의 장로를 먼저 취하시지요. 그럼 승세를 몰아 촉을 칠 수가 있습니다. 촉을 무너뜨리면 두 적이 한꺼번에 우리 손아귀에 들어올 것입니다."

"그거 좋은 생각이다."

조조는 서쪽의 적을 먼저 치기로 하고 군사를 일으켰다. 그리고 군사를 셋으로 나누어 선봉은 하후연과 장합에게 맡겼다. 자신은 장수들의 호위를 받으며 중군이 되었고 후군의 조인과 하후돈은 군량과 마초를 나르도록 지시했다.

한중의 장로 역시 정탐꾼들을 통해 일찌감치 이 사실을 알고는 어떻게 하면 적을 방어할까 계책을 논의했다. 동생인 장위가 말했다.

"형님, 한중에서 지형이 험한 곳으로는 양평관만 한 데가 없습니다. 이곳을 지키십시오. 좌우 산기슭에 영채를 십여 개 만들고 조조 군을 맞아 싸운다면 문제없습니다. 형님은 군량과 마초만 적절히 공급해 주시면 됩니다."

"알겠다. 아우는 양앙, 양임 대장을 데리고 당장 떠나거라."

장위의 군사는 양평관에 영채를 구축하고 조조 군이 오기를 기다리며 칼을 갈고 있었다. 조조의 선봉군도 이미 이 소식을 듣고 십오 리쯤 떨어진 곳에 영채를 세우고 휴식을 취했다.

과거의 전쟁에서 보병은 걸어서 적지를 향해 이동했다. 험한 길을 수십 일간 걸어 진군한다는 것은 지극히 피곤한 일이었다. 군사들이 피곤해서 모두 곯아떨어졌을 때 영채 뒤에서 불길이 일어났다. 양앙과 양임이 두 길로 나뉘어 쳐들어온 것이다.

"적들의 기습이다!"

하후연과 장합이 군사들을 깨워 독려했지만 이미 포위당해 제대로 반격할 수가 없었다. 깊은 밤에 지형도 잘 모르는 데다 기습을 당하니 패배할 것이 뻔했다. 하후연과 장합은 대패하여 물러나 조조에게 이 사실을 알렸다.

조조는 화가 치밀었다.

"너희 둘은 오랫동안 전쟁터를 누볐으면서 군사들이 피곤할 때는 반드시 기습에 대비해야 한다는 걸 몰랐단 말이냐? 왜 방비를 하지 않은 것이냐? 당장 처형하라!"

그러나 관원들이 모두 나서 그들의 목숨을 구걸한 덕에 간신히 살아남을 수 있었다.

다음 날 조조는 직접 선봉을 맡아서 군사들을 이끌고 진군했다. 하지만 양평관으로 가는 길은 숲이 너무나 울창하고 계곡이 깊어 적들이 어디에서 튀어나올지 알 수가 없었다. 복병이 염려되어 더 이상 전진할 수 없게 되자 조조는 군사들을 후퇴시켰다.

"아, 이렇게 험악한 곳인 줄 알았더라면 군사를 일으켜 여기까지 오지 않았을 텐데."

조조가 실망하자 허저가 위로했다.

"주공, 이미 여기까지 진군했으니 망설이지 말고 앞으로 치고 나가야 합니다."

그 말에 힘입어 다음 날 조조는 허저, 서황과 함께 말을 타고 산등성이에 올라 장위의 영채를 바라보았다. 그들의 영채가 견고한 것을 보니 쳐들어가긴 힘들겠다는 사실을 깨닫고 조조가 탄식했다.

"아, 어찌 싸워야 할지 모르겠다. 저들이 너무나 견고하게 준비해 놓았구나."

그 순간 갑자기 뒤에서 함성이 일어나며 화살이 쏟아졌다. 양앙과 양임이 쳐들어온 것이다.

조조가 깜짝 놀라 당황하자 허저가 외쳤다.

"내가 적을 막을 테니 서황 자네는 주공을 모시고 빨리 이곳을 빠져나가게."

허저가 칼을 빼들고 양앙과 양임에게 쳐들어갔다. 일 대 이로 붙었는데도 그들은 허저를 당해 내지 못했다.

서황이 조조를 호위하여 간신히 빠져나오는데 하후연과 장합이 도우러 왔다. 조조는 그들의 도움을 받아 무사히 영채로 돌아온 뒤 네 장수에게 큰 상을 내렸다.

그 뒤 양쪽 군사들은 서로 싸움을 걸지 않고 대치한 채 오십여 일의 시간이 흘렀다. 조조가 명령했다.

"안 되겠다. 물러나야겠다."

그러자 책사인 가후가 물었다.

"주공, 적들과 제대로 싸워 보지도 않았습니다. 저들이 강한지 약한지도 모르는데 어찌 군사를 물리십니까?"

"내가 살펴보았다. 급습해서 이기기 어려울 정도로 방비가 튼튼하다. 차라리 우리가 퇴군한다고 하여 방비가 허술할 때 기병을 이용해서 엄습하면 될 것 같아서 그리 명령을 내린 것이다."

"과연 승상의 높은 지략은 헤아릴 수가 없습니다."

조조의 지시로 하후연과 장합은 각각 기병 삼천 명을 지휘하여 좁은 길을 타고 양평관 뒤쪽으로 움직였다. 이때 조조는 보란 듯이 대군을 후퇴시키며 물러나기 시작했다.

양앙은 조조가 퇴각한다는 소식에 득의양양해서 양임에게 말했다.

"당장 쳐들어가서 저들을 물리칩시다."

"아니오. 조조는 잔꾀가 많은 자요. 선불리 뒤쫓으면 안 되오."

"에잇, 그대가 가지 않는다면 나 혼자 가겠소."

"선불리 군사를 움직이다가는 조조의 계략에 당할 거요."

양임이 아무리 말려도 소용없었다. 양앙은 다섯 영채의 군사들을 이끌고 진군하기 시작했다. 영채에는 군사를 몇 명 남겨 놓지 않았다. 그날따라 안개가 짙게 끼었다. 바로 옆에 있는 사람의 얼굴조차 알아볼 수 없을 정도여서 양앙은 할 수 없이 도중에 진을 세우고 머무르게 되었다.

그때 하후연의 군사들은 산등성이 뒤쪽으로 소리 없이 지나가다 안개 속에서 말 울음소리와 인기척이 나자 복병이라고 생각했다. 하후연이 급히 명령을 내렸다.

"복병을 피하여 빨리 빠져나가도록 하자."

그러나 길을 잘못 들었다. 양평관 뒤쪽이 아니라 양앙이 방금 전에 비우고 떠난 영채 앞으로 나간 것이다. 양앙의 군사들은 말발굽 소리가 들리고 군사들이 나타나자 자기 편 군사들이 되돌아온 줄 알고 아무 의심 없이 문을 열어 주었다. 하후연의 군사들이 들어가 보니 양앙의 영채는 텅 비어 있었다.

"얼씨구나, 이 녀석들이 영채를 비웠다. 불을 질러라!"

조조의 군사들이 불을 지르자 다섯 영채를 지키던 군사들은 모두 도망쳐 버렸다. 해가 떠오르고 안개가 걷히자 양임이 군사들을 거느리고 구원하러 왔다. 양임이 하후연과 몇 합을 싸우는 사이에 등 뒤에서 장합이 군사들을 이끌고 쳐들어왔다. 다급해진 양임은 혈로를 뚫고 남정 땅을 향해 도망치고 말았다.

양앙은 군사를 이끌고 돌아왔지만 이미 영채를 빼앗겨 하후연과 장합이 자리를 차지하고 있었다. 게다가 퇴각하는 줄 알았던 조조의 군사들이 말머리를 돌려 무서운 기세로 달려오고 있었다.

"어서 포위망을 뚫어라!"

양앙은 돌파구를 마련하려 애썼지만 결국 장합을 만나 그의 칼 아래 제물이 되고 말았다. 패배한 군사들이 양평관에 가 보았지만 이미 장위가 어둠을 타고 도망친 뒤였다. 결국 조조가 양평관과 여러 영채를 모두 차지했다.

한편 도망친 장위는 양임과 함께 장로를 만나 지금까지의 상황을 보고했다.

"양앙이 길목을 빼앗기는 바람에 양평관을 못 지켰습니다."

장로는 버럭 화를 내며 즉시 책임을 물어 양임까지 참하려 했다. 그러자 양임이 급하게 말했다.

"주공, 제가 조조 군을 쫓아가지 말라고 말렸지만 양앙이 끝내 듣지 않고 쫓아가서 목숨을 재촉했습니다. 한 번만 기회를 주십시오. 군사를 내주시면 제가 가서 조조의 목을 베어 오겠습니다. 그래도 이기지 못하면 그때 저의 목을 베십시오."

장로로서도 위태로운 상황에 장수의 목을 칠 수는 없어 군령장을 받고 군사를 내주었다. 양임은 이만 명의 군사를 이끌고 남정에서 조금 떨어진 곳에 영채를 세웠다.

조조 군은 진군을 계속했다. 마침내 하후연의 선봉군이 양임의 군마와 정면으로 마주쳤다. 그러나 양임은 하후연의 상대가 되지 못했다. 하후연과 싸우다 결국은 그의 칼에 목숨을 잃고 말았다. 한중의 군사들은 크게 패하여 돌아갔다. 남정까지 조조에게 빼앗기고 만 것이다.

"이를 어쩌면 좋으냐?"

장로는 회의를 열어 문무 관원들에게 대책을 내놓으라고 했다. 아무도 나서지 않아 침묵이 이어졌다. 이때 염포가 말했다.

"제가 조조의 장수들을 능히 무찌를 장수 하나를 천거하겠습니다."

"그게 누구냐? 어서 말해라!"

"남안 사람인 방덕입니다."

방덕은 마초를 따라 장로에게 투항했다. 그런데 마초가 서천으로 군사를 이끌고 갈 때 병에 걸려 누워 있어 따라가지 못하고 남아 있었다. 물론 마초는 이제 유비의 사람이 되어 있었다.

"주공, 방덕은 지금까지 주공의 덕으로 먹고살았습니다. 이 사람을 불러다 쓰십시오."

"오, 방덕이라면 괜찮겠다."

장로는 방덕을 불러 후하게 상을 주고 군사 만 명을 주어 출전하도록 했다. 방덕으로서도 마침내 고대하던 기회가 온 것이다. 방덕은 군사를 끌고 십여 리쯤 가다가 조조의 군사들과 마주쳤다. 방덕은 말을 타고 달려나가 큰 소리로 외쳤다.

"조조는 냉큼 나와라!"

조조는 지난날 방덕과 싸워 봐서 그가 얼마나 용맹한지 알고 있었다.

"방덕이 여기에 있었구나. 마초의 밑에 있다고 들었는데 장로에게 의탁하고 있었구나."

"제가 나가서 치겠습니다."

장수들이 앞을 다퉈 나섰지만 조조는 고개를 저었다.

"방덕은 내 사람으로 만들고 싶으니 죽이지 말고 천천히 싸워 지치게 하여 사로잡아 와라."

"예!"

먼저 장합이 나가 방덕과 한참 싸우다 돌아왔다. 곧이어 하후연이 나가 싸우다 후퇴했고 서황도 나가 싸우다 물러섰다. 허저까지 나가서 오십여 합을 싸우다 물러났다. 조조의 오른팔이라 할 만한 장수들과 번갈아 싸우면서도 방덕은 도무지 지친 기색이 없었다. 돌아온 장수들마다 방덕을 칭찬했다.

"보기 드문 장수입니다. 자칫하면 제가 죽을 뻔했습니다."

"방덕의 무예는 녹슬지 않았습니다."

조조는 더욱더 기뻐했다.

"어찌하면 저자를 잡아서 우리 편으로 만들 수 있겠느냐?"

가후가 계략을 냈다.

"주공, 장로 밑에는 뇌물을 밝히는 자가 하나 있습니다. 양송이라는 책사인데 그자에게 금은보화를 보내어 장로에게 방덕을 참수하라는 명령을 내리도록 하십시오!"

"남정성에 사람을 어찌 보낼 것이냐?"

"말 잘하는 군사 하나를 위장해서 집어넣으시지요."

"좋다."

말재간이 좋은 군사 하나를 뽑아 상을 준 뒤 황금 갑옷을 입히고 그 위에 한중 군사의 옷을 걸치게 했다. 그러고는 길가에 숨어서 기다리게 했다. 다음 날 하후연과 장합은 군사들을 이끌고 멀리 나아가 매복하고 서황으로 하여금 나가서 싸움을 걸게 했다. 서황이 다시 방덕과 몇 합 싸우다 도망가니 방덕은 군사들을 이끌고 쳐들어왔다. 조조의 군사들은 짐짓 패한 체하고 흩어졌다.

"우리가 이겼다!"

방덕은 조조의 영채 안으로 들어가 조조 군의 장비와 군량이 잔뜩 쌓여 있는 것을 보고 기뻐하며 승전 소식을 장로에게 전했다. 영채 안에서는 승전 축하 잔치가 벌어졌다. 하지만 한밤중에 세 군데에서 불길이 치솟으며 조조 군의 기습이 시작되었다. 불시에 당한 방덕은 적들을 물리치며 활로를 뚫어 성 쪽으로 도망쳤다. 조조의 군사들이 세 갈래로 나뉘어 쳐들어오자 방덕은 성문을 열게 하여 군사들을 이끌고 성안으로 들어갔다. 이때 숨어 있던 조조의 정탐꾼도 함께 휩쓸려 들어간 것을 아무도 몰랐다.

정탐꾼은 성안으로 들어가자 곧바로 양송의 부중을 찾아갔다.

"위공께서 귀공의 이름을 들으시고 특별히 황금 갑옷의 신표를 보내셨습니다."

정탐꾼이 옷을 벗고 황금 갑옷을 내밀자 양송은 크게 기뻐했다. 양송은 정탐꾼이 건넨 조조의 밀서를 읽고 말했다.

"그대는 돌아가서 위공에게 아무 염려 말라고 전하여라. 내게 좋은 계책이 있으니 나중에 알려 드릴 것이다."

양송은 정탐꾼을 돌려보내고 곧바로 장로를 찾아갔다.

"주공, 방덕이 이긴 척하다가 패하고 돌아온 것은 조조에게 뇌물을 받아서입니다."

단순한 장로는 그 말을 듣자 분노가 폭발했다.

"무엇이! 내가 그자에게 큰 상을 내리고 군사까지 내주었건만 조조의 편이 되다니. 당장 불러들여 목을 베어라!"

방덕은 얼떨결에 끌려 들어왔다. 염포가 나서서 장로를 말렸다.

"주공, 진정하십시오. 아직 사실인지 확인되지도 않았습니다. 그리고 전쟁 중에 장수의 목을 베는 법은 없습니다."

염포는 자기가 방덕을 추천했기 때문에 더욱 애써서 보호했다.

"좋다. 내일 출정하여 조조를 이기지 못한다면 네 목숨은 없을 줄 알아라."

방덕은 최선을 다해 싸웠지만 장로가 자신을 오해하고 죽이려 하자 억울한 마음이 들었다. 다음 날도 조조 군이 쳐들어오자 방덕은 군사를 이끌고 나가 싸웠다. 조조 군에서는 먼저 허저가 나와 싸우다가 거짓으로 도망치자 방덕이 쫓아갔다. 이때 말을 타고 산 위에 올라가 있던 조조가 방덕을 불렀다.

"이보게 방덕! 그대는 왜 항복하지 않는 겐가?"

방덕은 조조가 있는 곳을 올려다보았다. 말을 타고 올라가면 금세 사로잡을 수 있는 거리였다.

"옳거니!"

방덕은 나는 듯이 말을 달려 산등성이로 치고 올라갔다. 조조가 바로 눈앞에 보이는데 갑자기 하늘이 꺼지며 땅이 솟는 것 같았다. 말과 사람이 한꺼번에 함정에 빠진 것이다. 조조의 군사들이 몰려들어 함정에 빠진 방덕에게 올가미를 던져 옭아매어 끌어올렸다. 방덕은 힘 한번 제대로 써 보지 못한 채 포로가 되고 말았다. 말에서 내린 조조는 군사들을 짐짓 꾸짖었다.

"귀한 장수를 어찌 이렇게 대접하느냐? 비켜라!"

조조는 직접 올가미를 풀어 주며 부드러운 목소리로 말을 건넸다.

"이제 항복하지 않겠는가?"

방덕은 돌아가 봐야 장로가 또다시 오해할 것이라는 생각이 들자 조조에게 절을 올려 항복했다.

"어서 말에 오르게."

조조가 크게 기뻐하며 방덕을 말에 오르게 한 뒤 말머리를 나란히 하여 본채로 돌아왔다. 그런데 일부러 말을 천천히 몰아 성 위에 있던 장로의 군사들이 모두 이 광경을 보게 했다. 장로는 그 보고를 받자 양송의 말을 더욱더 굳게 믿게 되었다.

다음 날 조조는 성벽에 사다리를 걸친 채 화살과 돌을 마구 날리며 공성전을 벌였다. 장로는 이미 이길 수 없다는 걸 깨달았다. 장로가 대책을 상의하자 동생 장위가 말했다.

"형님, 끝까지 저항하십시다. 창고와 곳간을 모두 다 불태우고 남산으로 도망가 파중을 지키는 것이 옳습니다."

그러자 옆에 있던 양송이 말했다.

"아닙니다. 성문을 열고 투항하십시오."

그는 이미 조조에게 큰 상을 약속 받았다.

장로가 머뭇거리자 장위가 재촉했다.

"어서 불을 지르십시오!"

그러나 장로는 마음이 여렸다.

"내가 나라에 충성하려 했지만 뜻을 이루지 못하고 이 지경이 되었다. 달아날 수밖에 없지만 창고와 곳간은 나라의 것이니 태워 버릴 수 없다. 모두 봉하여라!"

장로는 창고와 곳간을 모두 봉하고 한밤중에 가솔들과 함께 남문을 열고 파중으로 도망쳤다. 조조는 그 뒤를 추격하지 않고 군사들을 거느리고 남정에 입성했다. 들어가서 장로가 창고를 다 봉한 것을 보고 가상하다는 생각이 들었다. 파중으로 사자를 보내서 장로에게 항복하라고 권했다.

"조조가 이렇게까지 말한다. 항복하자."

장로가 마음을 접으려 했지만 장위는 끝까지 버텼다.

"아닙니다. 역적 놈에게 항복하다니요."

이를 지켜보던 양송은 몰래 밀서를 써서 조조에게 보냈다.

위공.

군사들을 보내시면 안에서 호응하겠습니다.

어서 보내십시오.

조조는 양송의 밀서를 보고 군사를 일으켜 파중으로 쳐들어갔다. 장위가 나서서 허저와 맞서 싸우며 최후의 저항을 했다. 하지만 상대가 되지 않아 허저의 칼에 목숨을 잃고 말았다. 패배한 군사들이 성으로 돌아가 장로에게 이 사실을 보고하자 양송이 또 옆에서 부추겼다.

"주공, 지금 나가서 싸우지 않으면 앉아서 죽음을 기다리는 것입니다. 제가 성을 지킬 테니 직접 나가서 싸우시지요."

"알겠다. 아우의 원한을 갚아야겠다."

염포가 말리는데도 듣지 않고 장로는 군사를 거느리고 나갔다. 그러나 상대가 될 리 없었다. 싸움이 제대로 벌어지기도 전에 후군이 흩어지며 달아나 버렸다. 장로가 급히 후퇴하려는데 뒤에서 조조의 군사들이 몰려왔다. 성 밑에 이르자 장로가 소리쳤다.

"어서 성문을 열어라!"

그러나 양송은 성문을 열어 주지 않았다. 장로는 도망갈 길이 없었다. 조조가 쫓아와 큰 소리로 외쳤다.

"그대는 어찌하여 항복하지 않느냐?"

앞뒤가 막힌 장로는 마침내 말에서 내려 절을 올리며 항복했다.

"아하하하! 잘 판단했다. 그대는 창고와 곳간을 봉했다. 참으로 갸륵한 마음이다. 나는 그대를 예를 갖추어 대우하겠노라."

조조는 장로를 진남장군으로 봉했다. 염포를 비롯한 문무 관원들도 모두 열후에 봉해 주었다.

한중 땅은 조조의 손에 들어가면서 평정되었다. 조조는 각 군에 영을 내려 모두에게 큰 상을 내렸다. 그러자 양송이 나타났다.

"위공, 이 모든 것은 제가 도와드린 덕분입니다."

간사한 양송이 큰 상을 바라며 나타나자 조조는 손가락질하며 소리쳤다.

"주인을 팔아서 영화를 구하는 저 구역질 나는 놈을 당장 끌고 가서 목을 베어라!"

"위공, 어찌하여 저에게 이러십니까? 억울하옵니다. 저는 위공을 도와드리지 않았습니까?"

그러나 소용없었다. 양송은 머리가 잘린 채 저잣거리에 걸려 백성들에게 배신자의 말로가 어찌 되는지 보여 주는 본보기가 되고 말았다. 억척같이 끌어 모은 금은보화가 아무 소용이 없었다. 부귀영화는 누려 보지도 못하고 죽어 모든 이들의 웃음거리가 된 것이다.

이렇게 해서 조조는 동천까지 얻었다. 이때 최고의 군략가로 주부라는 관직에 있던 사마의가 조조에게 간했다.

"주공, 유비는 속임수를 써서 유장을 몰아냈습니다. 하지만 아직 촉의 민심을 다 얻지 못했습니다. 주공께서 한중을 평정하셨으니 익주의 민심이 술렁거릴 것입니다. 군사를 일으켜 속히 움직이시면 유비의 세력을 무너뜨릴 수 있습니다. 부디 좋은 기회를 놓치지 마십시오."

조조는 이미 늙었다.

"이 사람아, 사람이 왜 괴로운지 아는가? 만족을 모르기 때문이야. 이미 한중을 얻었는데 또 촉을 치라고?"

그러자 유엽이 나서서 거들었다.

"사마의의 말이 맞습니다. 지금 여기서 머뭇거리면 나라를 다스리는 도리를 꿰뚫고 있는 제갈공명이 재상이 될 것입니다. 관우와 장비 같은 장수들이 그를 돕는다면 촉은 민심이 안정되고 요충지를 지키게 됩니다. 그러면 다시는 그들을 칠 수 없습니다."

조조는 피곤하고 지쳤다.

"군사들이 먼 길에 고생이 많았다. 쉬게 해야 한다."

조조는 군사들을 쉬게 하며 움직이지 않았다. 하지만 사실은 자신이 늙어 피로해진 것이었다.

한편 유비가 다스리는 서천의 백성들은 조조가 동천을 점령했다는 소식을 듣자 동요하기 시작했다.

"조조가 곧 쳐들어올 거야."

"어쩜 좋아. 큰일이네."

백성들은 말 달리는 소리만 들려도 조조가 쳐들어오나 하여 두려워했다. 유비는 제갈공명을 불러 이 일을 상의했다. 그러나 제갈공명은 여유롭게 말했다.

"주공, 제가 애초에 주공을 뵈었을 때 천하 삼분지계를 말씀드리지 않았습니까?"

"그랬소."

"이제 천하 삼분지계의 효과를 보여 드리겠습니다. 저에게 계책이 있으니 이대로 하면 조조가 스스로 물러날 것입니다."

"어떤 계책이오?"

"조조가 지금 군사들을 나누어 합비에 주둔시킨 것은 손권이 두렵기 때문입니다. 이럴 때 손권의 도움을 받아야 합니다."

"하지만 손권은 지금 우리와 원수지간이 되지 않았소?"

"이번에는 정말로 강하와 장사, 계양의 세 지방을 동오에게 돌려주시지요. 그리고 말 잘하는 선비를 보내어 이해득실을 따져 설득하게 하면 동오의 손권은 합비의 조조를 칠 것입니다. 합비가 공격받으면 조조는 남쪽으로 군사를 돌릴 것입니다."

"좋은 생각이오."

천하 삼분지계가 바로 이런 것이었다. 한쪽을 치면 공격받은 쪽이 나머지 한쪽과 협공하여 공격한 쪽을 치는 균형 잡힌 세력 구도를 말하는데, 이번에 그것을 실현하려는 것이다.

이적이 사자로 가겠다고 나섰다. 유비는 기뻐하며 이적에게 서신과 예물을 갖추어 주었다. 그리고 먼저 형주에 들러 관우에게 이 사실을 알린 뒤 동오로 가도록 했다.

관우 역시 이번에는 정말 땅을 돌려주어야 한다는 것을 알았다. 이적은 관우의 승낙을 얻은 뒤 동오의 말릉으로 가서 손권을 만났다.

예를 갖추자 손권이 물었다.

"어쩐 일로 나를 찾아왔는가?"

"약속을 지키러 왔습니다. 지난번에 제갈근께서 장사 지방 등을 돌려

받으러 왔는데 우리 군사께서 계시지 않아 돌려드리질 못했습니다. 뒤늦게 듣고 반환하려고 서신을 가지고 왔습니다."

손권이 서신을 받아 읽은 뒤 물었다.

"왜 나머지 땅은 돌려주지 않는가?"

"죄송합니다. 형주에 있는 남군과 영릉도 돌려드려야 하지만 조조가 동천을 얻어 버려서 관우 장군이 몸 둘 곳이 없습니다. 지금 합비가 허술하다 하오니 바라옵건데 군후(君侯, 제후의 높임말)께서 군사를 일으켜 합비를 공격해 주십시오. 그러면 조조가 남쪽으로 군사를 끌고 올 것이니 저희 주공께서 동천을 얻을 수 있습니다. 동천을 얻게 되면 관 장군을 그쪽으로 보내고 즉시 형주 땅도 모두 돌려드리겠습니다."

솔깃한 제안이었다. 손권은 이번에는 진짜 땅을 돌려주러 왔다는 것을 알고 기뻐했다.

"역관에 가 있으면 신하들과 상의해 알려 주겠다."

이적이 물러가자 손권은 책사들을 불러 이 일에 대해 상의했다. 장소가 말했다.

"아시겠지만 이것은 유비가 불리해지기 때문에 우리에게 제안한 계책입니다."

"그러면 군사를 보내지 말아야 할 것인가?"

"아닙니다. 조조가 한중에 있는 이때가 합비를 취할 수 있는 좋은 기회인 것은 사실입니다."

"그렇다면 땅도 얻고 좋은 기회도 취할 것이니 우리로서는 손해날 일이 없군."

손권은 이적에게 수락한다는 뜻을 전한 뒤 즉시 촉으로 돌려보냈다. 노숙은 약속대로 장사와 강하, 계양, 세 지방을 돌려받고 육구에 군사를 주둔시켰다. 비로소 땅을 돌려받자 노숙은 자신의 생각이 옳았음을 손권에게 보여 줄 수 있었다. 시대와 천운이 바뀌어 힘을 쓰지 않고도 땅의 일부를 돌려받게 된 것이다.

손권은 여몽과 감녕을 불러들이고 능통을 돌아오게 하여 이들과 함께 합비를 칠 작전 계획을 짰다.

여몽이 손권에게 말했다.

"조조가 여강 태수인 주광에게 명령하여 환성에 군사를 주둔시키고 농사를 크게 지어 양곡을 합비로 보내게 하고 있답니다. 그 양곡으로 군량을 충당하고 있으니 먼저 환성을 취한 다음 합비를 공격하는 게 좋겠습니다."

"그래, 그대의 생각이 내 생각과 똑같군."

손권은 군사를 일으켜 환성을 치도록 했다. 강을 건넌 손권의 군사들이 환성으로 진격했다. 그러나 주광은 합비에 구원병을 요청하고 성문을 굳게 걸어 잠근 채 나와 싸우려 하지 않았다.

손권은 동태를 살펴보러 직접 성 밑으로 섣불리 다가갔다가 화살 세례를 받았다. 손권은 적이 만만치 않다는 것을 확인하고 돌아와 장수들과 의논했다.

"환성을 취하려면 어찌하여야 하는가?"

"토산을 높이 쌓고 그 위에서 공격하는 게 어떻겠습니까?"

"아닙니다. 사다리를 이어서 성안을 굽어보며 공격하시지요."

그러자 여몽이 고개를 저으며 말했다.

"좋은 작전이긴 하나 모두 다 시간이 걸립니다. 그러다가 합비에서 원군이 오면 끝납니다. 우리 군사들은 지금 막 도착하여 사기가 왕성하고 나가 싸우고 싶어 하니 오늘밤 정면으로 치는 것이 어떻겠습니까? 내일 날이 밝자마자 공격하면 낮에 성을 깨뜨릴 수 있을 것입니다."

"그대 말이 맞다."

다음 날 손권의 군사들이 성으로 진군했다. 성에서는 기다렸다는 듯이 돌과 화살이 비 오듯 쏟아졌다. 감녕은 쇠방패를 잡고 앞장서서 성벽을 기어 올라갔다. 주광이 궁수들을 시켜 일제히 감녕을 향해 화살을 쏘게 했지만 감녕은 쇠방패로 빗발치는 화살을 막으며 성 위로 올라가 주광을 제거했다. 그 기세를 몰아 군사들이 성 위에 올라가 닥치는 대로 적군을 치니 환성을 점령했을 때는 아침 해가 뜬 지 얼마 되지 않아서였다. 순식간에 성을 점령한 것이다.

한편 조조 진영의 장요는 동오군이 쳐들어왔다는 소식을 듣고 군사를 이끌고 환성으로 향했다. 하지만 이미 함락되었다는 소식을 듣자 황급히 합비로 말머리를 돌렸다.

손권이 환성으로 들어가니 능통도 군사를 거느리고 뒤따랐다. 손권은 군사들을 위로하며 배불리 먹이고 장수들에게도 잔치를 베풀었다. 여몽은 감녕에게 자기 윗자리를 내주며 공로를 칭찬했다.

"감 장군이 아니었다면 이번 작전은 성공할 수 없었소이다."

모두 다 기뻐하며 술을 마시고 있었다. 하지만 능통은 과거에 화해했지만 아버지를 죽인 원수 감녕이 여몽에게 칭찬을 듣는 모습을 보자 갑자기 화가 치솟았다. 감녕을 한참 노려보다 칼을 뽑아 들고 잔칫상 앞에 나섰다.

"잔치에 여흥이 빠질 수 없지 않소? 내가 칼춤을 한번 추어 보리다."

능통은 칼춤을 추기 시작했다. 감녕 역시 눈치를 채고 창을 잡고 나왔다.

"내 창 솜씨도 함께 보시지요."

여몽은 능통과 감녕이 무슨 일을 낼 것 같자 재빨리 방패와 칼을 잡고 두 사람 사이에 끼어들며 말했다.

"두 분이 무예가 능통하다지만 나를 이기지는 못할 것이오."

여몽은 칼과 방패를 들고 덩실덩실 춤을 추며 두 사람 사이를 떼어 놓았다.

손권은 이 일촉즉발의 상황을 보고받자마자 달려왔다. 그제야 그들은 무기를 내려놓았다. 손권은 그들을 꾸짖었다.

"내가 늘 그대들에게 지난날의 원한을 잊으라고 말했거늘, 이게 또 무슨 짓이오?"

"으흐흐흑! 주공, 원수를 갚게 해주십시오!"

능통이 땅에 엎드려 울음을 터뜨렸다.

"그대의 마음은 내가 이해하오. 하지만 지금은 그럴 때가 아니오."

손권이 위로하여 진정시켜 주었다.

다음 날 동오의 군사들은 합비를 치러 출정했다.

장요는 환성을 잃자 합비로 와서 시름에 잠겼다.

"아, 위공께 어찌 얼굴을 든단 말이냐?"

그때 조조가 보낸 나무 상자가 하나 전달되었다. 상자 위 봉인에는 '적이 오거든 열어 보라.'고 적혀 있었다.

그때 마침 손권이 십만 대군을 이끌고 합비를 향해 온다는 소식이 전해졌다. 급하게 상자를 열어 보니 이런 글이 쓰여 있었다.

손권이 오거든 장요와 이전 두 장군이 출전하고 악진은 성을 지켜라.

장요가 이전과 악진을 불러 조조의 글을 보여 주었다.

"어찌 생각하시오?"

악진이 묻자 장요가 대답했다.

"지금 주공이 원정 중이시니 동오는 우리를 반드시 격파하려 할 것이오. 우리가 군사들을 끌고 나가 힘껏 싸워 적들을 꺾어야 모두 마음을 놓을 것이오. 그러지 않고서는 성을 지킬 수 없소."

장요의 말에 이전은 입을 꼭 다문 채 대답하지 않았다. 평소에 장요와 사이가 좋지 않았기 때문이다. 악진은 이전이 아무 말도 하지 않자 말했다.

"적군은 많고 우리는 적소. 나아가 싸우긴 어려우니 굳게 지킵시다."

장요가 그 말을 듣고 발끈했다.

"그대들은 사사로운 마음으로 말하고 있소. 나는 당장 군사들을 이끌고 나가 죽음을 각오하고 싸울 생각이오."

그 말에 이전이 비로소 벌떡 일어났다. 장요야말로 충신임을 깨달은 것이다.

"장군이 그렇게 생각한다니 나 역시 돕겠소! 장군이 지휘하시오!"

장요가 기뻐하며 말했다.

"그대가 나를 도와준다니 고맙소. 내일 그대는 군사들을 거느리고 소요진 북쪽에 매복하시오. 오군이 지나가거든 소사교를 끊어 버리시오. 나는 악진과 함께 적을 공격하겠소."

이전은 장요가 명한 대로 군사들을 이끌고 매복하러 떠났다.

이때 손권은 전군, 중군, 후군으로 나눈 군사들을 이끌고 출발하여 합비로 쳐들어갔다. 전군의 선봉에 선 여몽과 감녕이 조조 군의 악진과 맞붙었다. 감녕이 악진과 몇 합을 겨루었을 때 갑자기 악진이 패한 척하며 달아났다. 감녕은 군사를 이끌고 조조 군을 추격했다.

중군에 있던 손권은 전군이 이겼다는 보고를 듣고 소요진 북쪽까지 군사들을 몰고 달려갔다. 그때 갑자기 좌우에서 복병이 나타났다. 왼쪽에서는 장요의 군사가, 오른쪽에서는 이전의 군사가 동시에 쳐들어왔다. 그러나 구원병을 청하기도 전에 장요의 군사들이 코앞까지 이르렀다. 능통이 손권을 호위하고 있었는데 거느린 군사라고는 삼백여 기뿐이었다. 물밀 듯이 덮쳐 오는 조조 군의 위세를 견뎌 낼 수가 없었다.

"주공! 어서 소사교를 건너십시오!"

그러나 이미 소사교는 끊어져 있었다. 손권이 당황하여 어찌하지 못할 때 곡리라는 장수가 말했다.

"주공, 말을 뒤로 물렸다가 있는 힘껏 달려와 끊어진 다리를 뛰어넘으십시오!"

손권은 말머리를 돌려 세 길 물러났다가 있는 힘을 다해 달려온 뒤 말을 뛰어오르게 했다. 말은 한 번에 다리를 훌쩍 뛰어넘어 남쪽으로 달려갔다.

손권이 다리 남쪽으로 건너뛰자 서성과 동습이 배를 몰고 맞이하러 왔다. 능통과 곡리가 장요에 맞서 싸우는데 감녕과 여몽이 구원병을 이끌고 달려왔다. 그러나 조조 군의 악진이 뒤에서 추적하고 이전이 앞에서 가로막으며 그들과 접전을 벌이니 동오군의 태반이 죽고 말았다. 능통의 삼백 명의 군사는 거의 몰살당했다. 능통도 수십 군데에 부상을 입고 간신히 소사교 부근에 왔다가 다리를 건너지 못해 도망치는 것을 손권이 배를 대서 구해 오게 했다. 여몽과 감녕도 가까스로 목숨을 구하여 하남으로 돌아갔다. 동오군의 대패였다. 이 싸움에서 동오 군사들은 너무나도 놀라 장요의 이름만 들어도 벌벌 떨었다.

여러 장수들이 손권을 호위하며 영채로 돌아왔다. 손권은 능통과 곡리에게 큰 상을 내렸다. 그리고 군사를 거두어 유수로 돌아가서 배를 정돈했다.

한편 장요는 손권이 유수에서 다시 쳐들어올 준비를 한다는 소식을 들었다. 합비의 군사가 워낙 적어서 당해 낼 수 있을까 걱정했다.

조조가 이 소식을 듣고 대책을 논의했다.

"이번에 우리가 유비가 있는 서천을 취할 수 있겠는가?"

유엽이 나서서 의견을 말했다.

"주공, 촉 땅은 평정되어 이미 싸움에 대비하고 있을 것입니다. 선불리 공격했다간 크게 당할 수 있습니다. 차라리 군사를 거두어 합비를 구하고 강동을 치는 게 낫겠습니다."

"그 말이 옳다."

조조는 하후연에게 한중에 머물며 요충지를 지키라고 했다. 나머지 군사들은 모두 영채를 헐고 유수를 향해 남하하기 시작했다.

삼국의 균형은 이렇게 유지될 수 있었다. 제갈공명의 계책대로 화살 하나 쏘지 않았는데 조조의 군사들이 방향을 튼 것이다.

6
오만한 조조

손권은 유수구에서 군마를 수습하며 다음 싸움을 대비하고 있었다. 아니나 다를까, 조조가 사십만 대군을 이끌고 합비를 구하러 온다는 보고가 들어왔다. 손권은 즉시 대책을 마련하여 동습과 서성, 두 사람에게 큰 배 오십 척을 이끌고 가서 유수구에 매복해 있도록 지시했다. 이때 장소가 손권에게 계책을 내놓았다.

"조조의 군사들은 먼 길을 왔기 때문에 무척 피곤할 것입니다. 오자마자 적의 기세를 꺾어 버리시지요."

맞는 말이었다. 손권이 장수들에게 물었다.

"누가 나가서 저자들의 기세를 꺾어 놓겠소?"

능통이 나서서 가슴을 치며 말했다.

"소장이 나가겠습니다. 삼천 명만 주십시오."

그러자 감녕이 뛰어들었다.

"백 명의 기병만 주시면 깨뜨릴 수 있습니다. 무슨 삼천 명씩 필요하다는 것입니까?"

능통은 아직도 감녕에 대한 해묵은 감정이 풀리지 않았다.

"무엇이? 내가 삼천이라는데 백 명이라고?"

두 장수가 금방이라도 다시 싸울 기미를 보이자 손권이 말렸다.

"지금은 조조 군의 위세가 막강하니 경솔하게 나서면 안 되오. 능통에게 삼천 명의 군사를 줄 테니 정찰하다가 조조 군과 마주치면 맞붙어 싸우도록 하오."

그리하여 능통은 삼천 명의 군사를 이끌고 떠났다.

그러나 조조가 어떤 사람인가. 길이 없으면 길을 만들고, 생각을 하면 그다음 생각을 미리 짐작하는 영웅 아니던가. 적들이 기세를 꺾으러 올 줄 알고 더욱 빨리 달려온 것이다. 미처 준비도 다 갖추지 못했는데 예상보다 빨리 조조 군이 들이닥치자 능통은 맞받아 싸우기 바빴다. 조조 군의 선봉장인 장요와 어우러져 오십여 합을 겨뤘지만 승부가 나지 않고 시간이 지체되자 손권은 능통을 잃을까 두려워 여몽에게 구해 오라는 명령을 내렸다.

여몽의 도움으로 능통이 무사히 돌아오자마자 감녕이 기다렸다는 듯이 나섰다.

"보십시오, 주공. 저에게 백 기만 달라고 했잖습니까? 오늘 밤에 당장 조조 군을 짓밟겠습니다. 군마 하나라도 잃으면 제가 공을 세운 것을 인정하지 않으셔도 좋습니다."

손권은 첫 싸움에서 조조 군의 강한 기세를 꺾지 못하자 감녕에게 기회를 한번 주는 것도 나쁘지 않겠다고 생각했다. 손실이 있어도 백여 기에 불과하기 때문이다.

"좋소. 장군이 원하는 대로 하시오."

손권은 감녕에게 정예병 백 명을 뽑아 주고 이들이 배불리 먹고 마실 술과 고기를 상으로 주었다. 감녕은 군사 백 명에게 술을 한 잔씩 따라 준 뒤 결의를 다지며 말했다.

"오늘 밤 우리는 조조의 영채를 습격할 것이다. 배불리 먹고 온 힘을 다해 싸우자."

그러나 군사들은 두려워했다.

"고작 백 명으로 조조 군을 상대한다고? 죽으러 가는 거 아니야?"

군사들이 두려워하는 기색을 보이자 감녕은 칼을 뽑아 들었다.

"장수인 나부터 목숨을 아끼지 않는데 너희들이 망설이다니! 당장 목을 베겠다."

감녕이 정말 죽을 각오로 싸움에 임한다는 것을 알자 군사들은 모두 일어나 절했다.

"목숨을 걸고 힘껏 싸워 반드시 공을 세우겠습니다."

그날 밤 감녕의 군사들은 흰 거위 털 백 개를 투구에 꽂아 표식으로 삼았다. 흰 거위 털이 보이는 자는 아군이니 어둠 속에서도 싸울 필요가 없다는 뜻이었다. 정예 군사 백 명은 말에 올라 날아가듯 달려가 조조의 영채를 기습했다. 조조 군이 막아 놓은 방어용 울타리를 뽑아 버리고 영채로 치고 들어갔다.

"나는 조조의 목을 딸 것이다. 중문으로 바로 돌격하라!"

감녕은 바로 조조를 해치울 생각이었다. 조조를 보호하는 호위병들은 워낙 철통같이 겹겹이 보호하며 막고 있어 도무지 뚫을 수가 없었다. 깊은 밤에 사방에서 전투가 벌어지다 보니 조조 군은 적군의 규모와 수를 제대로 알 수가 없어 자기들끼리 밟고 다치며 달아나기에 바빴다. 감녕과 백 명의 기병들이 종횡무진으로 치고 빠지며 횃불을 밝혀 드니 조조 군은 아무도 감히 맞서지 못했다. 감녕이 조조의 영채를 짓밟은 뒤 남쪽 문으로 빠져나오는데 막을 자가 없었다. 후세 사람들은 감녕을 호랑이 같은 장수라고 칭찬해 마지않았다.

날이 밝아 돌아온 감녕의 군사들을 살펴보니 과연 백 명 중에 다치거나 상한 자가 아무도 없었다. 이를 안 손권의 군사들이 북을 치며 일제히 환호했다. 손권이 직접 나가 맞아 주니 감녕은 말에서 내려 엎드려 절했다.

손권은 감탄했다.

"장군의 용맹함을 내 두 눈으로 직접 확인했소. 경의 담대함은 참으로 대단하구려. 우리 군사들의 사기를 크게 진작시킬 것이오."

상으로 비단 천 필과 활 백 자루를 하사하자 감녕은 절하여 받은 뒤 그 상을 백 명의 부하들에게 고루 나눠 주었다.

손권은 모든 장수와 군사들을 둘러보며 말했다.

"조조에게 장요가 있다면 나에게는 감녕이 있다. 우리가 싸워서 질 이유가 없다."

"와아아아!"

군사들은 창칼을 높이 휘두르며 크게 함성을 질렀다.

다음 날, 날이 밝자 장요가 군사들을 끌고 와 싸움을 걸었다. 능통은 감녕이 공을 세우자 경쟁심이 발동하여 가장 먼저 싸움에 나섰다.

"제가 장요와 싸우겠습니다."

손권은 능통의 출전을 허락하고 군사 오천을 내주었다. 능통이 떠나자 손권은 감녕과 함께 관전하러 갔다.

장요 쪽에서는 악진이 나와 능통과 싸우기 시작했지만 승부가 나지 않았다. 조조가 이걸 보고 있다가 조휴에게 명령을 내렸다.

"숨어 있다가 적장을 쏘아라!"

조휴는 장요의 등 뒤에 숨어 있다가 활을 쏘았다. 화살이 날아가 능통의 말을 맞혔다. 말이 놀라서 앞발을 번쩍 드는 바람에 능통은 땅바닥에 굴러 떨어지고 말았다.

"네 목은 내 것이다."

쓰러진 능통을 죽이려고 악진이 창을 들고 달려들 때였다. 어디선가 날아온 화살이 악진의 얼굴에 꽂혔다.

"으아악!"

이번에는 악진이 말에서 굴러 떨어졌다. 양 진영의 군사들이 달려와 각각 자신들의 장수를 구해 돌아갔다.

구사일생으로 목숨을 건진 능통은 손권에게 감사하다는 인사를 올렸다.

"주공, 살려 주셔서 감사합니다."

"그대가 죽을 뻔했을 때 활을 쏜 자가 누구인지 아시오?"

"누굽니까?"

"바로 감녕 장군이오."

그 말에 능통은 감녕에게 절을 했다.

"감 장군, 이러한 은혜를 베풀 줄은 몰랐소. 이 사람의 목숨은 감 장군의 것이오."

"적 앞에서 어찌 사사로운 감정을 드러내겠소이까?"

두 사람은 마침내 화해했다.

"우리 같이 살고 같이 죽읍시다."

"좋은 말씀이오."

두 사람은 해묵은 감정을 풀며 싸움에서 반드시 승리하겠다는 열의를 더욱 불태우게 되었다.

한편 조조는 감녕의 화살을 맞은 악진을 치료하도록 명한 뒤 군사들을 다섯 갈래로 나누어 유수로 진격하도록 했다. 동습과 서성은 배 위에서 조조 군이 다섯 길로 쳐들어오는 것을 보았다. 동오의 군사들은 조조 군의 위세에 두려움을 느꼈다.

그러자 서성이 외쳤다.

"너희들은 국록을 먹었으니 오직 충성을 다해야 한다. 어찌하여 두려움에 떠느냐?"

서성은 용맹스러운 군사들을 이끌고 강기슭으로 나아가 조조 군을 향해 돌격했다. 동습과 배에 남은 군사들은 북을 치고 함성을 울려 기운을 북돋아 주는 응원군 역할을 했다. 그때 갑자기 강풍이 불어 파도가 치고 배가 뒤집어지려 하자 동습이 칼을 빼어 들고 소리쳤다.

"배를 버리고 도망가는 자는 목을 베겠다."

실제로 배에서 내린 군사 십여 명을 단칼에 목을 베어 버렸다. 하지만 바람이 더 거세게 불어오자 큰 배가 뒤집히며 동습도 강물에 빠져 죽고 말았다.

이때 서성은 조조 진영의 이전이 이끄는 군사들과 좌충우돌하며 맞붙어 싸우고 있었다. 손권이 친애하는 장수인 진무는 강기슭에서 전투가 벌어졌다는 소식을 듣고 군사들을 이끌고 오다 방덕과 마주쳤다. 일대 혼전이 벌어졌다.

유수에 있던 손권도 주태와 함께 군사들을 이끌고 싸움을 도우러 달려왔다. 그러나 손권은 서성을 지원하기 위해 군사들을 지휘하다가 장요와 서황의 군사들에게 포위당하고 말았다.

조조는 언덕 위에서 전세를 살피다가 손권이 포위된 것을 보자 허저에게 명령을 내렸다.

"손권의 군사들의 한복판으로 침투하여 적을 두 패로 끊어 서로 구할 수 없게 하라!"

동오의 장수 주태는 어지럽게 싸우다 강기슭으로 후퇴하는데 손권이 보이지 않자 당황했다.

"주공께서는 어디 계시냐?"

"적들에게 포위되셨습니다."

주태는 다시 적들을 뚫고 앞으로 나아갔다.

"주공, 어디 계시오?"

주태는 사방팔방 외치고 다니다가 곤경에 빠진 손권을 찾아냈다.

"주공, 제 뒤를 따라오십시오!"

주태가 앞장서서 가시덤불을 헤치듯 혈로를 뚫었다. 적의 포위를 헤치고 나왔는데 손권이 낙오된 것을 알고는 또다시 적진으로 쳐들어가 손권을 구해 냈다.

그러나 적들은 이미 조조의 명령을 받아 화살을 비 오듯 날리고 있었다. 그 속을 뚫고 지나간다는 것은 불가능했다.

"어찌하면 좋겠소?"

"주공, 걱정하지 마십시오! 주공께서 앞장서시면 제가 뒤에서 화살을 막겠습니다."

손권이 앞서 도망치자 따라오는 화살들을 주태는 창과 칼로 막으며 도망쳤다. 마침내 손권이 강가에서 여몽이 이끄는 수군의 도움을 받아 배에 오른 뒤 가쁜 숨을 몰아쉬며 말했다.

"주태가 나를 두 번이나 구해 주었다. 그런데 서성은 아직도 포위망을 빠져나오지 못하고 있다. 어떻게 하면 좋겠는가?"

천신만고 끝에 포위망을 빠져나온 주태가 말했다.

"제가 다시 한 번 갔다 오겠습니다."

용맹한 주태는 신들린 것처럼 포위망을 뚫고 들어가 서성을 구출하여 나왔다. 이를 본 손권이 명령을 내렸다.

"조조 군에게 활을 쏘아라!"

조조 군은 화살이 날아오자 멈칫했다. 하지만 이때 진무는 미처 도망치지 못하고 방덕의 칼에 죽었다.

조조는 다 잡았던 손권이 포위망을 뚫고 도망쳤다고 하자 이를 갈며 말했다.

"어서 쫓아가서 완전히 섬멸하라!"

조조는 직접 말을 타고 강기슭으로 달려가 손권을 잡는 것을 보려 했다. 하지만 손책의 사위인 육손의 십만 대군이 구원하러 오자 당황했다. 동오의 십만 대군이 일제히 조조 군을 향해 화살을 쏘자 조조 군은 정신없이 도망쳤다. 육손의 군사는 받아치기 작전으로 조조 군을 뒤쫓으며 닥치는 대로 죽였다. 이때 조조 군은 수천 필의 말을 빼앗기고 대패하여 돌아갔다. 손권이 대승을 거두며 싸움은 끝났다.

손권은 죽은 장수들의 주검 앞에서 슬피 울며 장례를 성대하게 치러 주었다. 죽은 자들을 보내 준 뒤 살아 있는 자들의 공을 칭찬하기 위해 잔치를 벌였다. 손권은 주태의 술잔에 술을 따라 주고 부상당한 그의 등을 쓰다듬으며 눈물을 흘렸다.

"그대는 목숨을 아끼지 않고 나를 두 번이나 구해 주었소. 창과 칼에 찔려 온몸에 남은 상처 자국이 마치 그림을 그려 놓은 것 같구려. 내가 어찌 그대를 나의 형제처럼 대하지 않을 수 있겠소? 모든 병권을 그대에게 맡길 것이오. 앞으로 모든 기쁨과 슬픔을 함께 나누겠소."

손권은 주태에게 옷을 벗어 여러 장수들에게 상처를 보여 주라고 했다. 주태가 옷을 벗으니 온몸이 후벼 파이고 긁히고 찢긴 상처투성이었다. 한 군데도 성한 곳이 없었다.

"이 상처는 어쩌다 생긴 것인가?"

"주공을 구하다가 화살에 맞았습니다."

"이 상처는?"

"적병이 휘두르는 창에 찔렸습니다."

하나하나 설명할 때마다 손권이 술을 한 잔씩 권하여 주태는 크게 취했다.

"주태에게는 영예의 상징인 파란 비단 양산을 내리겠다. 나에게 올 때마다 쓰도록 하라."

그 뒤 조조 군과 손권 군은 유구에서 한 달 넘게 대치했지만 승패가 나지 않았다.

장소와 고홍이 손권에게 말했다.

"주공, 지금은 조조의 군사가 너무 강하여 싸워 이길 수가 없습니다. 차라리 화평을 청하여 백성을 안정시키는 게 좋겠습니다."

결국 손권은 조조에게 사신을 보내어 화평을 청했고, 조조 역시 동오의 제안을 받아들였다.

"동오가 해마다 공물을 바친다고 약속하면 우리 군사들을 물리겠다."

그리하여 손권은 장흠과 주태에게 유수구를 지키도록 한 뒤 대군을 배에 태워 철군했다.

조조 역시 대군을 이끌고 허도로 돌아왔다. 조조가 손권을 혼내 주었다고 소문이 나자 문무백관들은 조조를 위왕으로 추대하자고 다시 의견을 냈다.

그때 강직한 최염이 반대하고 나섰다.

"아니 됩니다. 어찌하여 왕의 자리를 노린단 말입니까?"

그러자 관원들이 그를 비난했다.

"그대는 순욱이 죽는 걸 못 보았소?"

"어찌하여 반대하는 것이오?"

모두 이구동성으로 자신을 비난하자 최염이 한탄했다.

"아, 또다시 간신배들이 날뛰는구나. 반드시 변고가 생길 텐데 이대로 두어야 한단 말이냐?"

최염은 눈을 부릅뜨고 주위를 꾸짖었다.

이 사실은 바로 조조에게 알려졌다. 조조는 화가 나서 최염을 붙잡아다 옥에 가두고 문초했다.

"네 이놈! 너는 어찌하여 내가 왕이 되는 것을 막는 것이냐?"

최염은 기죽지 않고 소리쳤다.

"네놈이야말로 역적이 아니더냐? 왕을 기만하는 역적 조조야!"

"저놈을 당장 때려죽여라!"

조조의 명으로 최염은 옥중에서 맞아 죽고 말았다. 천성이 굳세고 강직한 최염은 간사한 무리들을 물리치고 절개를 보였지만 한나라 충신이라는 이름만 남기고 죽고 말았다.

이처럼 반대하는 세력들이 고개를 숙이자 건안 21년(216) 5월에 마침내 신하들이 헌제에게 표문을 올렸다.

황제 폐하

위공 조조의 공덕은 하늘이 알고 땅이 압니다.

과거의 어떠한 신하도 따를 수 없는 놀라운 덕을 가지고 있으니 위왕으로

봉하셔야 함이 마땅하다고 사료되옵니다.

헌제는 아무 힘이 없었다. 표문을 보자마자 즉시 조서를 꾸미게 하여 조조를 위왕에 봉했다. 조조는 세 번이나 사양하는 글을 써서 올리며 체면을 차렸다.

"가당치 않습니다. 거두어 주옵소서."

사양하는 뜻을 허락하지 않겠다는 황제의 조서를 세 번 받고 마침내 조조는 위왕이 되었다.

왕이 되면 열두 줄의 백옥이 주렁주렁 매달린 면류관을 쓸 수 있다. 게다가 여섯 필의 말이 끄는 금수레를 타고, 황제가 움직일 때와 같은 옷을 입는다. 그리하여 그의 정실인 부인은 왕비가 되고 아들들은 왕자가 되었다.

조조에게는 아들이 넷이 있었다. 큰아들은 비, 둘째는 창, 셋째는 식, 막내는 웅이었다. 이 가운데 주목할 만한 아들은 셋째인 조식이었다. 그는 당대의 명문장가였다. 아버지 조조의 재능을 물려받은 것이다. 붓을 들었다 하면 아름다운 글을 쓰고 입을 열었다 하면 아름다운 시가 흘러나왔다.

큰아들 조비는 글을 좋아하는 조조가 셋째 아들을 사랑하는 것 때문에 세자 자리를 빼앗길까 봐 근심이 많았다.

조비는 조조의 최고 책사 중 한 사람으로 중대부 자리에 있던 가후를 찾아가 이에 대한 계책을 물었다.

"그대에게 나의 속마음을 얘기하고 싶소."

"무엇입니까?"

"아버님은 맏아들인 나보다 동생 식을 사랑하고 계시오. 어찌하면 좋겠소?"

가후가 잠시 고민하다 조비에게 계책을 말해 주었다.

"이렇게 하십시오."

그 뒤 조조가 출정하느라 아들 넷이 성 밖까지 따라 나와 배웅할 때마다 조식은 조조의 공덕을 칭송하는 글을 짓는데 조비는 옆에서 눈물을 흘리며 절을 할 뿐이었다. 혹시 아버지가 전쟁터에서 돌아오지 못할까 봐 슬퍼하는 효자의 모습이었다. 진정으로 슬퍼하며 아버지 걱정을 하는 조비의 모습을 보고 조조도 마음이 동했다.

"비가 진정 나를 염려하는구나."

조식은 재주가 있지만 성실한 마음에 있어서는 큰아들인 조비가 앞선다고 생각한 것이다. 이건 물론 가후의 계책이었다.

그뿐만이 아니었다. 조비는 주변 사람들을 매수하여 자신이 인덕이 높은 사람이라고 소문을 내게 했다. 그래서 조조를 만나는 사람마다 조비를 칭찬했다.

"첫째 왕자가 훌륭하십니다."

"첫째 왕자야말로 대인이십니다."

이런 소문이 계속 귀에 들어오자 셋째 아들을 사랑하는 조조로서도 갈등이 생길 수밖에 없었다. 세자로 누구를 세울까 고민하다가 가후를 불러 물어보았다.

"내 아들 넷 중에 누가 후사를 이어야 한다고 생각하오?"

가후는 말이 없었다.

"왜 묻는데 대답하지 않는 게요?"

"한 가지 생각이 떠올라 대답을 못하고 있습니다."

"무슨 생각인가?"

"원소와 유표의 부자지간을 생각했습니다."

둘 다 맏아들을 홀대한 사람들이었다. 그리하여 자식들끼리 싸우고 결국엔 나라를 지키지 못하고 망하고 말았다. 머리가 빨리 돌아가는 조조는 바로 말귀를 알아들었다.

"알았다. 괜한 고민을 했구나."

결국 조비가 왕세자가 되었다.

건안 21년 10월에 드디어 위나라의 왕궁이 완공되어 그 위엄을 드러 냈다. 왕궁을 꾸미기 위해 전국 각지로 사람들이 흩어져 화초와 나무와 바위들을 긁어모아 가져왔다. 후원을 장식하기 위해서였다.

공물을 보내기로 약속한 손권도 위왕인 조조에게 온주의 특산물인 큼직한 감귤 40상자를 보냈다. 감귤 상자를 하나씩 짊어진 짐꾼들이 쉬지 않고 걸음을 재촉했다. 하루라도 빨리 조조에게 싱싱한 감귤을 맛보게 해주려는 것이었다.

짐꾼들이 길을 가다 지쳐서 산기슭에서 쉬고 있는데 푸른 도복을 입은 노인이 나타났다. 한쪽 눈이 멀고 다리를 저는 노인이었다. 노인은 짐꾼들에게 다가가 쉰내를 풍기며 물었다.

"이 짐은 어디로 가는 겐가?"

"위왕에게 보내는 귤입니다."

"보아하니 자네들은 무척 지친 것 같군. 내가 좀 져다 줄까?"

"하하하! 노인이 무슨 기운이 있다고 우리 짐을 들어 준단 말입니까?"

"걱정하지 말게. 내가 나눠서 져다 주겠네."

노인은 각 짐꾼의 짐을 번갈아 가며 하나씩 지고 오 리쯤 가서 짐꾼에게 건네주었다.

그런데 이상하게 노인이 건네준 짐은 가벼웠다.

"이상한데? 아까는 무거웠는데 왜 이렇게 가벼워졌지?"

노인은 헤어지기 전에 짐꾼들을 이끌고 가는 관원에게 말했다.

"위왕에게 가서 전하게. 나는 위왕과 같은 고향 사람으로 성은 좌씨요 이름은 자라네. 내가 인사하더라고 전해 주게."

짐꾼들이 업군에 도착해 조조에게 감귤을 바쳤다.

"오, 손권이 보낸 감귤이로군. 어디 한번 맛을 볼까?"

조조가 군침을 삼키며 탱탱한 감귤을 하나 집어 껍질을 깠다. 하지만 안에는 아무것도 들어 있지 않았다. 알맹이 없는 빈 껍질이었던 것이다.

"이게 어찌된 일이냐!"

손에 잡히는 대로 감귤을 집어 들고 까 보았지만 모두 속살이 없었다. 이 소식을 듣고 짐꾼들을 이끌고 온 관원이 달려와 말했다.

"오다가 해괴한 일이 있었습니다."

자초지종을 이야기하자 조조는 고개를 저었다.

"믿을 수 없다. 어찌 그런 일이 있단 말이냐?"

그때 문지기가 달려와 보고했다.

"좌자라고 하는 노인이 대왕을 뵙고자 합니다."

"들라 해라."

좌자가 들어오자 감귤을 운반해 온 관원이 말했다.

"맞습니다. 맞습니다. 바로 저분입니다. 저분이 우리 짐을 들어 주었습니다."

"네 이놈! 무슨 요사스러운 술법으로 과일의 속살을 뽑아 먹었느냐?"

조조가 호통을 쳤다.

"과일의 속살을 뽑아 먹다니 그럴 리가 있소이까? 어디 한번 주어 보시오."

좌자가 감귤 하나를 집어 들고 껍질을 깠다. 그러자 그 안에 향긋한 속살이 가득한데 향기가 높고 맛이 달콤하기 이를 데 없었다. 다른 감귤을 주어도 좌자가 까는 것들은 모두 속살이 가득했다. 조조가 깜짝 놀라 좌자에게 자리를 권했다.

"도대체 이게 어찌 된 일이오?"

"먼저 술과 고기부터 내오시지요."

"여봐라! 도인께 술과 고기를 잔뜩 드려라."

술과 고기가 한상 가득 차려지자 좌자는 먹기 시작했다. 그런데 혼자서 술을 다섯 말이나 마셨는데도 전혀 취하지 않았고 양 한 마리를 다 먹었는데도 전혀 배부른 기색이 없었다.

"그대의 요술이 참으로 대단하구려!"

"저는 서천 가릉의 아미산에서 삼십 년 동안 도를 닦았지요. 어느 날 돌구멍 속에서 내 이름을 부르기에 둘러보았지만 아무도 없었소이다. 그때 뇌성벽력이 치며 돌벽이 깨지고 안에서 하늘의 계시가 적힌 천서

(天書)가 나왔소이다."

책 이야기가 나오자 조조가 관심을 보였다.

"천서라니, 어떤 책이오?"

"둔갑 천서인데《천둔》,《지둔》,《인둔》이라는 세 권의 책이었소이다. 《천둔》을 읽고 나니 구름을 타고 허공을 오르내릴 수 있게 되었고,《지둔》을 읽으니 산과 돌을 깨뜨리고 뚫을 수 있게 되었지요. 그리고《인둔》을 읽고 나니 변신을 자유롭게 할 수 있고 모양을 감추거나 숨길 수 있게 되었소이다. 대왕은 이제 신하로서는 지위가 꼭대기까지 올라갔으니 나와 함께 물러나 아미산에서 수행하면 어떻겠소이까? 그렇게 하면 천서 세 권을 모두 전수해 주겠소이다."

"하하하! 참으로 반가운 말이오. 나 역시 전부터 물러나고 싶었지만 조정의 뒷일을 맡길 사람이 없어서 이렇게 망설이고 있소이다."

좌자가 웃으며 말했다.

"무슨 그런 걱정을 하시오? 익주에 있는 유현덕에게 맡기면 될 것 아니겠소? 그는 한나라 황실의 기둥이 될 만한 인물이오. 그에게 자리를 넘기시오."

그러더니 갑자기 자세를 바로잡고 앉아서 조조를 협박했다.

"내 말을 따르지 않으면 칼을 날려 너의 목을 베겠다."

조조는 발끈했다.

"유비가 보낸 첩자로구나! 이놈을 당장 끌어내라!"

"아하하하!"

좌자는 크게 웃었다. 옥졸들이 달려와 좌자를 붙잡아 죽도록 때리고 고문했지만 좌자는 코를 골며 잤다.

"저놈을 옥에 가둬라."

옥졸들은 좌자의 목에 큰 칼을 씌우고 쇠사슬로 옭아매어 감옥에 가뒀다. 하지만 잠시 후 좌자는 칼을 벗어 던지고 쇠사슬도 풀어 버린 채 바닥에 멀쩡하게 누워 있었다. 좌자를 옥에 가둬 놓고 칠 일간 밥을 주지 않았는데도 그의 얼굴은 발그레하게 생기가 돌았다. 이 사실을 보고받은 조조는 직접 좌자를 문초했다.

"너는 어찌하여 칠 일이 지났는데도 그 전과 달라진 것이 하나도 없는 것이냐?"

"나는 수십 년을 먹지 않아도 배가 고프지 않고 하루에 천 마리의 양을 먹어도 배부르지 않소이다."

조조는 도저히 좌자를 제어할 수가 없었다. 관원들이 잔치를 벌이고 있는 자리에도 좌자가 나타났다. 관원들이 눈이 휘둥그레져서 쳐다보자 좌자가 태연하게 말했다.

"오늘 대왕께서 산해진미를 다 차리셨구려. 귀하고 맛있는 요리가 많이 있는데, 혹시 부족한 게 있다면 제가 갖춰 드리겠소."

조조는 좌자를 시험해 보고 싶었다.

"용의 간으로 국을 끓여 먹고 싶다. 용의 간을 가져올 수 있겠느냐?"

"그게 무엇이 어렵단 말이오? 먹과 붓을 가져오시오."

좌자가 붓을 들고 하얀 벽에 일필휘지로 용 한 마리를 그리더니 소매로 후려쳤다. 그러자 그림 속 용의 배가 갈라졌다. 좌자는 그 안으로 손을 집어넣어 용의 간을 꺼냈다.

"여기에 간이 있소."

"네 이놈! 미리 소매 속에 감춰 두었던 것이 아니냐?"

"하하! 위왕께서 용의 간을 먹고 싶다고 말할지 내 어찌 미리 알고 간을 숨겨 놓는단 말이오? 그러면 어디 이 추운 날씨에 내가 꽃 한 송이 바쳐 보겠소. 무슨 꽃을 좋아하시오?"

"나는 모란을 좋아한다."

좌자가 화분을 가져오게 하여 잔칫상 위에 올려놓은 뒤 물을 주었다. 그러자 모두가 보는 앞에서 모란 한 그루가 돋아나더니 꽃이 활짝 피었다. 이걸 본 관원들이 앞다퉈 외쳤다.

"신선, 저와 함께 한잔하시지요. 제 옆으로 오세요."

"아니오. 내 옆으로 오시오."

모든 관원들이 좌자와 함께 음식을 먹고 싶어 했다. 잠시 후 요리사가 생선회를 내오자 좌자가 말했다.

"생선회라면 송강의 농어가 최고의 별미요."

조조가 소리쳤다.

"송강은 천 리나 떨어져 있는데 어떻게 농어를 구해 오느냐?"

"어려운 일이 아니오. 낚싯대를 주시오!"

좌자는 연못으로 내려가 고기 낚는 시늉을 했다. 그러자 갑자기 농어 수십 마리가 좌자의 낚싯줄에 딸려 올라왔다.

"자, 농어를 잡아 왔소이다."

"이건 원래 내 연못에 있던 물고기 아니냐!"

"대왕, 왜 이러시오? 모든 농어는 아가미가 두 개이지만 송강의 농어는 아가미가 넷이오. 살펴보시오."

관원들이 들여다보니 정말 아가미가 넷이었다. 모두 입을 쩍 벌리고 놀라고 있을 때 좌자가 말을 이었다.

"송강의 농어를 요리하려면 촉에서 나는 자아강이라는 특별한 생강이 있어야 하오. 그게 있어야 제맛이 나오."

"네가 자아강도 구해 올 수 있단 말이냐?"

"걱정하지 말고 금 화분이나 가져오시오."

좌자가 금 화분을 옷으로 덮었다 걷으니 화분 가득 자아강이 돋아나 있었다. 조조가 화분에서 자아강을 캐려고 손을 내밀자 갑자기 화분에서 책 한 권이 나왔다. 조조가 지었다는 《맹덕신서》였다. 조조가 책을 펼쳐 보니 과연 자기가 지은 그 책 내용 그대로였다.

"어허, 참으로 괴이하구나!"

그때 좌자가 술잔에 술을 가득 담아 조조에게 올렸다.

"내가 술 한잔 바치겠소."

"네가 먼저 마셔 보아라."

술에 독을 탔을지도 몰랐기 때문인다.

"그러면 내가 먼저 반을 마시겠소이다."

좌자가 머리에 꽂았던 비녀를 꺼내 잔 한가운데를 그으니 술이 반으로 나뉘었다. 그리고 잔을 들어 마시는데 정말 술잔에 술이 반은 남아 있고 나머지 반만 입으로 들어가는 것이었다.

"자, 이걸 드시오."

조조는 크게 꾸짖었다.

"요망한 놈 같으니! 저리 치워라!"

좌자가 술잔을 들어 공중에 던지자 그 술잔은 비둘기로 변하여 전각의 추녀를 스치며 날아갔다. 관원들이 모두 하늘을 올려다보다가 고개를 내려 보니 좌자는 사라지고 없었다.

"이자가 어디로 갔느냐?"

"좌자는 궁 밖으로 나갔습니다."

문지기가 와서 알렸다.

"이런 요사스러운 자는 살려 두면 안 된다. 반드시 해가 될 것이니 당장 잡아다 죽여라!"

조조의 명에 따라 허저가 삼백 명의 군사들을 이끌고 말을 타고 쫓아갔다. 성문으로 가 보니 좌자는 나막신을 신고 터벅터벅 천천히 걸어가고 있었다. 허저가 급히 말을 몰고 쫓아가는데 이상한 일이 벌어졌다. 아무리 말을 달려도 좌자를 따라잡을 수가 없었다. 그때 목동이 양떼를 몰고 지나가자 좌자는 양떼 속으로 숨어 들어가더니 사라져 버렸다.

허저가 부하들에게 명령했다.

"에잇, 늙은이가 양으로 변한 것 같다. 양들의 목을 모두 베어라!"

군사들이 달려들어 양의 목을 쳐서 몰살시킨 뒤 궁으로 돌아갔다. 난데없이 봉변을 당한 목동이 통곡하고 있을 때 누군가 말을 걸었다.

"목동아, 울지 말고 양의 머리를 모두 몸에 붙여라."

목동이 깜짝 놀라 사방을 둘러보니 땅바닥에 떨어진 양의 머리 하나가 사람의 말을 하고 있었다. 목동이 무서워 도망치려 하자 좌자가 말했다.

"걱정하지 마라. 내가 네 양들을 살려 주마."

목동이 뒤돌아보니 좌자가 양들을 모두 살려 놓고는 사라져 버렸다. 이 일은 곧바로 조조에게도 알려졌다.

"좌자를 당장 잡아들여라!"

좌자의 얼굴 모습을 종이에 그려 사람들이 모이는 곳에 뿌리고 신고 하라고 했다. 그러자 며칠 뒤에 성안에는 한쪽 눈이 보이지 않고 한쪽 다리를 저는 좌자가 수백 명이 나타나 여기저기에 돌아다녔다. 조조는 수백 명의 좌자를 모두 잡아들여 염소 피를 뿌렸다. 그리고 몸소 오백 명의 군사들을 끌고 가 수백 명의 좌자를 모조리 목을 베어 죽였다. 그러나 목이 떨어진 수백 명의 좌자의 목구멍에서 푸른 기운이 솟아나더니 하늘로 올라갔다. 그 기운이 하나로 모여 다시 한 사람의 좌자로 변했다. 좌자는 하늘을 날아가는 백학 한 마리를 불러서 올라탄 뒤 웃으며 말했다.†

"흑쥐가 금호랑이를 따르면 간웅은 하루아침에 끝날 것이다."

이 예언은 오행으로 따져 건안 25년인 경자년 정월에 조조가 죽는다는 뜻이었다.

"활을 쏘아라!"

조조는 장수들에게 일제히 활을 쏘게 했다. 하지만 갑자기 돌개바람이 일더니 목 없는 시체들이 벌떡벌떡 일어나 머리를 손에 들고 조조에게 덤벼들었다.

"으아아악! 귀신이다."

관원들은 모두 걸음아 날 살려라 정신없이 도망쳤다. 조조는 너무 놀라서 기절하고 말았다. 바람이 멈추자 시체들도 어디론가 사라져 보이지 않았다. 조조는 부축을 받아 간신히 궁으로 돌아갔다. 하지만 너무 놀라 조조는 병에 걸리고 말았다.

이 병은 도대체 낫지를 않고 오랫동안 조조를 괴롭혔다. 천문과 역법을 맡고 있던 허지가 조조를 찾아와 말했다.

"대왕께서는 신묘한 점쟁이에게 점을 보는 것이 좋겠습니다. 관로라는 자입니다."

"그자가 나의 운명을 알아보고 밖에 나가서 떠들면 어쩌려고?"

"관로는 과거에 여러 가지 천기를 누설하는 점을 쳤습니다만 지금은 가벼운 점은 치지 않습니다. 평원에 있는데 데려와서 물어보면 좋겠습니다."

"그래, 그럼 어디 한번 불러다가 내가 앞으로 어찌 될지 물어보자."

조조는 자기가 황제가 되는 꿈을 이룰 수 있을지 궁금하여 관로를 불러오게 했다. 관로가 도착해서 조조에게 절을 올렸다.

"그대가 그토록 유명하다는데 나에 대해 점을 쳐 봐라."

그러나 관로는 고개를 저었다.

《삼국지연의》에 자주 나오는 신선이나 도인 이야기는 당시의 시대 상황을 반영한 거야. 조조가 신선이나 방술사를 만나고 그들을 거두어 곁에 두려 한 이유는 다분히 정치적이지. 황건군의 난을 겪은 뒤여서 그들이 세상을 떠돌아다니면 민심을 조종하고 세력을 만들 수 있기 때문이야. 사회를 안정시키려면 그런 신선이나 방술사를 잘 대접해서 잡아 두어야 했어. 이것은 당시에 신선이 되고자 하거나 장생불로를 쫓는 추세가 유행했기 때문이기도 해.
게다가 좌자가 조조에게 모든 걸 내려놓고 자신을 따르라고 권유한 것은 《삼국지연의》의 주인공이 유비임을 나타내는 장치로 쓰인 거야.

"저는 점을 치지 않습니다."

"하지만 좌자라는 자가 와서 이상한 예언을 하고 갔다."

"그것은 눈속임일 뿐입니다. 걱정하지 마십시오."

그 말을 듣자 조조는 안심이 되었다. 몸이 조금씩 회복되어 가자 다시 관로를 불러 물었다.

"천하는 어떻게 돌아갈 것인가?"

"삼팔종횡에 누런 돼지가 호랑이를 만납니다.† 정군의 남쪽에서 수족 하나를 잃게 됩니다."

"내 자손들은 복을 누릴 수 있겠느냐?"

"사자궁에 신위를 모셔 놓았기 때문에 왕도가 더욱 새로워지고, 자손이 지극히 귀한 지위에 오를 것이옵니다."

"자세히 말해 보라."

"하늘의 운수를 미리 다 알 수는 없습니다. 세월이 지나면 저절로 알게 될 것입니다."

조조는 관로를 태사에 봉하려 했지만 관로가 사양했다.

"저는 명이 짧고 상도 궁한 자입니다. 그런 막중한 소임을 감당하기 어렵습니다."

"그럼 내 관상은 어떤가?"

"신하로서 더 이상 오를 데가 없는 곳에 오르셨습니다. 관상은 볼 필요가 없습니다."

"그렇다면 우리 관원들의 관상을 한번 봐 주시오"

"모두 세상을 다스릴 만한 신하들입니다."

아무리 물어도 관로는 대답하지 않았다. 후세 사람들은 그런 관로를 보고 귀신의 이치에 통하고 별자리를 헤아리고 모든 미래를 살펴보았지만 섣불리 입을 열지 않았고 그 술법을 후대 사람에게 물려주지 않았다고 안타까워했다.

"그래도 이거는 말해 줄 수 있겠지. 동오와 서촉은 어찌 될 것 같은가?"

관로는 괘를 짚어 보더니 말했다.

"동오에서는 대장 하나가 죽을 것 같습니다. 그리고 서촉은 이미 경계를 침범해 오고 있습니다."

"그럴 리가 있나? 내가 철통같이 방비하고 있는데."

그 순간 합비에서 보고가 올라왔다.

"동오에서 육구를 지키던 노숙이 병으로 죽었다고 하옵니다."

"그래? 당장 자세한 소식을 알아봐라."

며칠 지나지 않아 또다시 보고가 날아왔다.

"유비가 장비와 마초를 보내서 하변 땅에 군사를 주둔시키고 관으로 쳐들어오고 있다 합니다."

"내가 직접 나가서 막아야겠다."

삼팔종횡은 원래 "삼팔종횡 황저 우호 정군지남 상절일고(三八縱橫 黃豬遇虎 定軍之南 傷切一股)"의 준말이야. 관로가 조조에게 점을 쳐 주면서 남긴 말로 건안 24년에 정군산의 남쪽에서 누런 돼지가 호랑이를 만나서 한 팔이 꺾인다는 뜻이야. 여기서 누런 돼지와 한팔은 하후연, 호랑이는 황충을 뜻하지.

조조가 군사를 동원하려 하자 관로가 점을 쳐 보고 말했다.

"대왕께서는 움직이지 마십시오. 내년에 허도에 큰불이 납니다."

조조는 관로의 말이 믿을 만하다는 것을 알고 있기 때문에 움직이지 않고 업군에 주저앉았다. 대신 조홍에게 오만 군사를 주어 하후연과 장합을 도와서 동천을 지키게 했다. 그리고 하후돈에게는 삼만 군사를 주어 불이 난다고 한 허도를 경계하고 순찰하게 하여 만약의 사태에 대비하게 했다.

이때 조조 밑에는 경기라는 자가 있었다. 낙양 출신인 그는 승상부의 요직에 있다가 소부의 시중으로 자리를 옮겼다. 그는 조조가 승상이었을 때부터 어떻게 권력을 채워 나갔는지를 지켜보았다. 조조가 황제와 다름없이 행동하는 것을 보고 불만이 차기 시작했다. 건안 23년 경기는 위황과 함께 비밀리에 상의했다.

"그대는 저 꼴을 눈 뜨고 볼 수 있소? 역적 조조의 간악함이 갈수록 심해지고 있소이다."

"맞소. 장차 황제 자리를 빼앗을 자요. 우리가 신하된 자로서 어찌 저런 자에 빌붙어 도울 수가 있단 말이오?"

경기가 탄식하자 위황도 솔직한 심정을 털어놓았다.

"나도 같은 생각이오. 믿을 만한 사람이 하나 있는데 이름은 김의라고 하오. 김의도 조조를 치고 싶어 하는데, 마침 왕필과 친하니 그 역시 우리 일에 힘을 합하게 합시다."

"그러면 한번 만나 의중을 떠 봅시다."

그들은 곧바로 김의의 집으로 찾아갔다. 위황이 먼저 말을 꺼냈다.

"그대가 황제를 지키는 어림군을 지휘하는 장사(長史) 왕필과 친하다 하시니 부탁을 하나 드리고 싶소."

"무슨 부탁이오?"

"조만간 위왕이 황제 자리를 물려받아 보위에 오른다는데 그때 공도 왕 장사와 함께 높은 자리에 오를 테니 부디 우리를 잊지 말고 함께 챙겨 주시면 감사하겠소."

위황의 말을 듣던 김의는 자리에서 벌떡 일어났다. 그때 마침 하인이 손님에게 대접할 차를 들고 오자 김의는 찻주전자를 집어 던져 뜰에 쏟아 버렸다.

"아니, 오랜 친구를 어찌 이리 박정하게 대하는 것이오?"

위황이 항의하자 김의가 손가락질하며 말했다.

"내가 너와 사귄 것은 한나라 충신의 후예였기 때문이다. 그런데 반역하는 자를 따르려 하다니, 내가 어찌 너와 친구가 되겠는가?"

경기가 거들었다.

"하늘의 운수가 그러한데 어떡하겠소?"

"뭐라고? 하늘의 운세가 그렇다고 아무것도 하지 않고 가만있어야 한단 말이냐? 당장 내 앞에서 사라져라. 다시는 너를 보지 않을 것이다."

김의가 더욱 화를 내자 그가 얼마나 충성스럽고 의리 있는 사람인지 확인한 경기와 위황은 그제야 본심을 털어놓았다.

"죄송하오. 사실 우리는 조조를 치려고 온 것이오. 그대의 본마음을 알 수 없어 떠 본 것이니 마음에 두지 마시오."

김의는 처음에는 어리둥절했지만 자초지종을 듣자 곧바로 예의를 갖추었다.

"조상 대대로 한나라의 신하였는데 내 어찌 역적을 따르겠소? 역적을 쳐 나라를 바로 세우려 한다니, 무슨 고견이든 있으면 말해 주시오."

"아직 계획은 세우지 못했소."

그러자 김의가 말했다.

"안팎에서 호응하여 왕필을 제거하고 유 황숙과 손잡고 밖으로부터 도움을 받는다면 조조를 칠 수 있소."

"그거 좋은 생각이오."

경기와 위황이 호응하자 김의가 말을 이어 갔다.

"나에게 믿을 만한 사람이 둘 있소. 조조가 그들의 아버지를 죽인 원수요. 성 밖에 살고 있는데 그들이라면 우리를 도와줄 거요."

"그 두 사람이 누구요?"

"태의 길평의 아들들이오."

길평이라면 예전에 조조를 독살하려 했던 그 의원이었다.

"큰아들은 길막이고 둘째 아들은 길목인데, 옛날에 조조가 동승의 의대조 일로 아비를 죽이는 바람에 멀리 도망갔었소. 이제 몰래 허도에 들어와 살고 있는데 조조를 치겠다고 하면 우리를 도와줄 거요."

참으로 반가운 소식이었다. 조조를 제거하는 데 그들보다 더한 적임자는 없었다. 김의는 사람을 보내 은밀히 길평의 아들들을 불러들였다. 그리고 모의한 내용을 이야기해 주자 두 형제는 울분을 터뜨리며 맹세했다.

"저희에게 이런 기회를 주시다니 그 은혜를 어찌 갚아야 할지 모르겠습니다. 역적을 죽이는 일에 목숨을 바치겠습니다."

김의는 두 형제를 진정시키고 각자 맡은 일에 대해 설명해 주었다.

　"정월 보름날 밤에는 성안이 온통 잔치 분위기일 것이오. 그때 경기와 위황, 두 분은 집안의 장정들을 거느리고 왕필의 병영으로 가서 불을 지르시오. 그리고 우왕좌왕하는 사이에 왕필을 없애 버린 다음 나와 함께 궁 안으로 들어가 황제를 모시고 문무백관을 불러들여 조조를 치라고 지시하도록 하면 됩니다. 길막 형제는 불이 나면 '역적을 때려죽이자!'고 외쳐 백성들을 규합해서 구원병을 막아 주시오. 나는 황제께서 조서를 내려 구원병이 항복하고 사태가 수습되면 군사들을 이끌고 업군으로 쳐들어가 조조를 잡겠소. 그 뒤에 황제의 조서를 내려 유 황숙을 부르면 될 것이오."

　"훌륭한 계획이오."

　"오늘은 이렇게 약정하고 그날 밤 거사합시다. 지난날 동승처럼 실수가 있어선 아니 되오."

　그리하여 다섯 사람은 하늘에 맹세하고 각자 집으로 돌아가 군마와 병기들을 정비하여 때를 기다렸다. 경기와 위황은 데리고 있는 종자들이 각각 삼사백 명씩은 되었고 병기를 미리 준비해 두었다. 길막 형제는 사냥을 간다는 구실로 장정 삼백여 명을 모아 할 일을 나눠 맡았다. 사냥을 준비하는 것과 전쟁을 준비하는 것이 다를 바가 없었기 때문이다.

　마침내 정월 대보름날이 되어 거리마다 불빛이 휘황찬란했다. 밤에 돌아다녀도 아무도 뭐라 하지 않았다. 사람들은 흥분하고 들떠서 경계가 흐트러져 있었다. 왕필은 영내에서 잔치를 베풀어 장수들과 함께 술을 마셨다. 한밤중에 갑자기 불이 났다.

"영문 뒤에서 불이 났습니다!"

"무엇이?"

왕필은 자리를 박차고 일어나 장막 밖으로 나갔다. 사방에서 불길이 솟아오르고 함성이 하늘을 찌를 듯했다.

"조짐이 심상치 않다."

왕필은 변고가 난 것을 깨닫고 말에 올랐다. 하지만 막 남문을 지나던 참에 경기가 쏜 화살에 어깨를 맞았다.

"윽! 반란이 확실하구나."

왕필은 말에서 떨어질 뻔했지만 간신히 몸을 추슬렀다. 정신없이 도망쳐 믿고 있던 김의의 집으로 달려갔다. 김의는 이때 영내에 불을 지르고 집안 장정들과 함께 조조 군과의 싸움을 돕고 있었기 때문에 집에는 여자들밖에 없었다.

"문을 열어라!"

집에 있던 사람들은 왕필이 대문을 황급히 두드리자 김의가 돌아온 줄 알았다.

"왕필을 죽였나요?"

김의의 아내가 남편이 돌아온 줄 알고 대문 너머에서 묻자 왕필은 깜짝 놀랐다. 이게 모두 김의와 경기가 함께 공모한 일이라는 걸 깨닫자 다시 도망쳐 조휴의 집으로 갔다.

"김의와 경기를 잡아야 하오! 그들이 모반했소!"

"이거 큰일이군!"

조휴는 황급히 말에 올라 자신이 통솔하는 천여 명의 군사를 이끌고 적을 막으려 했다. 하지만 이미 불길이 사방으로 번져 황제까지 깊은 궁궐로 몸을 피할 정도였다. 조조의 부하들이 궁문을 지키고 있는데 백성들이 나서서 크게 소리쳤다.

"역적 조조를 죽이고, 한나라 황실을 바로 세우자!"

"역적들을 하나도 남기지 말고 몰살시켜라!"

이때 하후돈은 조조의 명으로 삼만 명의 군사를 거느리고 허도를 지키기 위해 성 밖 오 리쯤 되는 곳에 있었다. 말하자면 만일을 대비한 예비 병력이었다. 하후돈은 성안에서 불길이 치솟는 걸 보자 즉시 대군을 거느리고 달려와 허도를 포위해 버렸다.

"너희는 안으로 들어가 불을 끄고 역적들을 진압해라."

하후돈은 한 무리의 군사를 들여보내 조휴를 도와 밤새도록 싸움을 벌였다. 다음 날 날이 밝자 경기와 위황을 돕는 자는 아무도 없었다. 게다가 김의와 길막 형제도 모두 죽임을 당했다는 소식이 들려왔다.

"어서 후퇴하고 다음 기회를 노립시다."

경기와 위황은 있는 힘을 다해 길을 뚫고 성문을 나갔지만 성을 포위하고 있던 하후돈의 군사들에게 사로잡히고 말았다. 그들을 따르던 부하 백여 명은 모조리 몰살당했다. 하후돈은 주모자 다섯 명의 식솔들도 모두 잡아들였다. 그리고 조조에게 사람을 보내 이 일을 보고했다.

"내가 없는 사이에 쥐새끼들이 난동을 부렸구나."

보고를 받은 조조는 경기와 위황은 물론 주모자 다섯 명의 식솔들 모두 저잣거리로 끌어내어 목을 베라고 했다.

하후돈은 경기와 위황을 저잣거리로 끌어냈다. 경기는 죽기 전에 허공에 대고 큰 소리로 외쳤다.

"조조 네 이놈! 내가 너를 살아서 죽이진 못했지만 귀신이 되어서라도 죽이겠다!"

위황은 머리를 땅바닥에 짓찧으며 소리쳤다.

"원통하다! 너무나 원통하다!"

그리고 그들은 모두 처형당하고 말았다.

하후돈은 역모를 모두 진압하고 나서 문무백관을 끌고 업군으로 갔다. 조조는 교련장에 홍기와 백기를 각각 나눠 세운 뒤 그들을 기다리고 있었다. 문무백관들이 두려움에 떨며 서 있는데 조조가 엄한 목소리로 명령을 내렸다.

"경기와 위황이 모반해서 허도에 불을 질렀을 때 너희들 중에는 불을 끄러 나온 자도 있었을 것이고, 문을 닫아걸고 나오지 않은 자도 있었을 것이다. 불을 끄러 나온 자는 홍기 아래 서고, 나오지 않은 자는 백기 아래 서거라!"

문무백관들은 고민에 빠졌다. 많은 사람들이 불을 끄지 않고 숨어 있었다고 하면 죄를 물을 거라고 생각하여 홍기 아래에 섰다. 백기 아래에는 삼분의 일 정도만 섰다. 조조가 명령을 내렸다.

"홍기 밑에 있는 자들을 모두 다 묶어라!"

군사들이 달려들어 그들을 득달같이 결박했다.

"우리는 죄가 없습니다!"

"대왕이시여! 우리를 용서하십시오!"

홍기 아래 서 있던 사람들이 아우성치며 사정했지만 조조는 비정하게 말했다.

"너희는 불을 끄려 한 게 아니라 역적을 도우려던 것이다."

그리하여 그들의 목을 베니 무려 삼백 명 가까운 사람들이 한꺼번에 죽었다.

"백기 아래 있는 자들에겐 상을 내리고 허도로 돌려보내라!"

난리는 진정되었지만 왕필은 화살에 맞은 상처가 덧나 죽고 말았다. 조조는 조휴를 비롯한 부하들의 공을 새겨 벼슬을 내려 주었다. 이렇게 해서 조정의 벼슬자리까지 모두 새롭게 교체되었다.

"신묘한 자로구나. 이렇게 불이 날 것을 맞히다니."

관로의 예언이 맞은 것을 보고 조조는 관로에게 상을 내렸지만 관로는 끝내 받지 않았다.

오만한 조조가 자신의 야망을 일으키는 데에는 이렇게 많은 도전과 어려움이 있었다.

주석으로 쉽게 읽는
고정욱 삼국지 6

초판 1쇄 발행 2022년 1월 7일
초판 6쇄 발행 2024년 1월 15일

엮은이 고정욱
펴낸이 이범상
펴낸곳 (주)비전비엔피 · 애플북스

기획 편집 차재호 김승희 김혜경 한윤지 박성아 신은정
디자인 최원영 이민선
마케팅 이성호 이병준 문세희
전자책 김성화 김희정
관리 이다정

주소 우) 04034 서울특별시 마포구 잔다리로7길 12 (서교동)
전화 02) 338-2411 | **팩스** 02) 338-2413
홈페이지 www.visionbp.co.kr
인스타그램 www.instagram.com/visionbnp
포스트 post.naver.com/visioncorea
이메일 visioncorea@naver.com
원고투고 editor@visionbp.co.kr

등록번호 제313-2007-000012호

ISBN 979-11-90147-83-5 04820
　　　　979-11-90147-77-4 04820 [SET]

• 값은 뒤표지에 있습니다.
• 잘못된 책은 구입하신 서점에서 바꿔드립니다.